AF554035

Rebelión en la granja

George Orwell

Rebelión en la granja

Colección Narrativa
Rebelión en la granja
George Orwell

1.ª edición: julio de 2025

Título original: *Animal Farm*

Traducción: *Juli Peradejordi*
Corrección: *M.ª Jesús Rodríguez*
Diseño de cubierta: *Carlos Pan*

Edita: Ediciones Obelisco, S. L.
Collita, 23-25. Pol. Ind. Molí de la Bastida
08191 Rubí - Barcelona - España
Tel. 93 309 85 253
E-mail: info@edicionesobelisco.com

ISBN: 978-84-1172-300-8
DL B 11048-2025

Impreso por CPI Black Print - Barcelona

Printed in Spain

I

El señor Jones, de la Granja Manor, había cerrado los gallineros por la noche, pero estaba tan borracho que se olvidó de cerrar las trampillas. Con el aro de luz de su linterna bailando de un lado a otro, cruzó el patio tambaleándose, se quitó las botas en la puerta trasera, se sirvió un último vaso de cerveza del barril en la cocina y se dirigió a la cama, donde la señora Jones ya roncaba.

Tan pronto como la luz del dormitorio se apagó, hubo un alboroto y un aleteo en todos los edificios de la granja. Durante el día, se había corrido la voz de que el viejo Major, el cerdo premiado de raza Middle White, había tenido un extraño sueño la noche anterior y deseaba comunicárselo a los demás animales. Acordaron que todos se reunirían en el granero en cuanto el señor

Jones se retirara. Al viejo Major (siempre lo llamaban así, aunque el nombre con el que había sido exhibido era Willingdon Beauty) se le respetaba tanto en la granja que todos estaban dispuestos a perder una hora de sueño para escuchar lo que tenía que decir.

En un extremo del granero, en una especie de plataforma elevada, Major ya estaba acomodado en su cama de paja, bajo una linterna que colgaba de una viga. Tenía doce años y últimamente se había puesto bastante gordo, pero aún era un cerdo de aspecto majestuoso, con una apariencia sabia y benevolente a pesar de que sus colmillos nunca habían sido cortados.

No pasó mucho tiempo antes de que los otros animales comenzaran a llegar y a ponerse cómodos, cada uno a su manera. Primero llegaron los tres perros, Bluebell, Jessie y Pincher, y luego los cerdos, que se acomodaron en la paja justo frente a la plataforma. Las gallinas se posaron en los alféizares de las ventanas, las palomas aletearon hasta las vigas, las ovejas y las vacas se tumbaron detrás de los cerdos y empezaron a rumiar.

Los dos caballos de tiro, Boxer y Clover, entraron juntos, caminando muy despacio y apoyando sus enormes cascos peludos con gran cuidado, no fuera a ser que hubiera algún animal pequeño oculto en la paja. Clover era una yegua robusta y maternal que se acercaba a la mediana edad, y que nunca había recuperado del todo su figura después de su cuarto potrillo. Boxer era una bestia enorme, de casi dieciocho palmos de alto y tan fuerte como dos caballos normales juntos. Benjamin era el animal más viejo de la granja y el de peor temperamento. Rara vez hablaba y, cuando lo hacía, solía ser para hacer algún comentario cínico; por ejemplo, decía que Dios le había dado una cola para espantar las moscas, pero que hubiera preferido no tener ni cola ni moscas. Único entre los animales de la granja, nunca reía. Si le preguntaban por qué, respondía que no veía nada de qué reírse. Sin embargo, sin admitirlo abiertamente, sentía un profundo afecto por Boxer; los dos solían pasar los domingos juntos en el pequeño prado que se extendía más allá del huerto, pastando juntos sin hablar nunca.

Ambos caballos acababan de tumbarse cuando una nidada de patitos, que habían perdido a su madre, entró en fila en el granero, piando débilmente y vagando de un lado a otro en busca de un lugar donde no los pisaran. Clover hizo una especie de muro alrededor de ellos con su gran pata delantera, y los patitos se acurrucaron dentro de él y se quedaron dormidos al instante.

En el último momento, Mollie, la bonita y tonta yegua blanca que tiraba del carro del señor Jones, entró coquetamente, masticando un terrón de azúcar. Se colocó en el medio y empezó a sacudir su melena blanca, con la esperanza de llamar la atención sobre los lazos rojos con los que estaba trenzada.

Por último, llegó la gata, que, como de costumbre, buscó el lugar más cálido y finalmente se acomodó entre Boxer y Clover; allí ronroneó contenta durante todo el discurso de Major sin escuchar ni una palabra de lo que decía.

Ahora estaban presentes todos los animales excepto Moisés, el cuervo domesticado, que dormía en un perchero detrás de la puerta trasera. Cuando Major vio que todos se habían acomodado y esperaban atentamente, aclaró su garganta y comenzó:

—Compañeros, ya habéis oído hablar del extraño sueño que tuve anoche. Pero me referiré a él más adelante. Primero tengo algo más que decir. No creo, compañeros, que vaya a estar con vosotros muchos meses más y, antes de morir, siento que es mi deber transmitiros la sabiduría que he adquirido. He tenido una vida larga, mucho tiempo para pensar mientras yacía solo en mi establo, y creo que puedo decir que entiendo la naturaleza de la vida en esta Tierra tan bien como cualquier animal viviente. Es de esto de lo que quiero hablaros.

»Ahora, compañeros, ¿cuál es la naturaleza de esta vida nuestra? Enfrentémonos a la realidad: nuestras vidas son miserables, laboriosas y cortas. Nacemos, se nos da justo la cantidad de comida necesaria para mantenernos con vida, y a aquellos de nosotros que somos capaces de hacerlo, nos obligan a trabajar hasta el último átomo de nuestras fuerzas; y en el mismo instante en que nuestra utilidad llega a su fin, nos sacrifican con una crueldad atroz. Ningún animal en Inglaterra conoce el significado de la felicidad o el ocio después de cumplir un año. Ningún animal en Inglaterra es libre. La vida de un animal es miseria y esclavitud: ésa es la pura verdad.

»Pero ¿esto, simplemente, forma parte del orden natural? ¿Acaso esta tierra nuestra es tan pobre que no puede ofrecer una vida decente a quienes la habitan? No, compañeros, ¡mil veces no! La tierra de Inglaterra es fértil, su clima es bueno, es capaz de proporcionar alimento en abundancia para un número muchísimo mayor de animales del que la habita actualmente. Esta sola granja podría sostener a una docena de caballos, veinte vacas, cientos de ovejas, y todos ellos viviendo con un confort y una dignidad que ahora casi no podemos ni imaginar. ¿Por qué, entonces, seguimos en esta miserable condición? Porque la casi totalidad de los productos de nuestro trabajo la roban los seres humanos. Ahí, compañeros, está la respuesta a todos nuestros problemas. Se resume en una sola palabra: el Hombre. El Hombre es el único enemigo real que tenemos. Eliminemos al Hombre de la escena, y la causa raíz del hambre y el exceso de trabajo se abolirán para siempre.

»El Hombre es la única criatura que consume sin producir. No da leche, no pone huevos, es demasiado débil para tirar del arado, no corre lo suficientemente rápido como para atrapar conejos. Sin embargo, es el señor de todos los animales. Los pone a trabajar, les devuelve lo mínimo indispensable para evitar que mueran de hambre, y el resto se lo queda para sí mismo. Nuestro trabajo labra la tierra, nuestro estiércol la fertiliza y, sin embargo, no hay uno solo de nosotros que posea otra cosa que no sea su piel desnuda. Vosotras, las vacas, que estáis delante de mí, ¿cuántos miles de litros de leche habéis producido durante este último año? ¿Y qué ha pasado con esa leche que debería haber criado terneros robustos?

»Cada gota ha ido a parar a las gargantas de nuestros enemigos. Y, vosotras, las gallinas, ¿cuántos huevos habéis puesto este último año, y cuántos de ellos se convirtieron en pollitos? El resto se ha ido todo al mercado para proporcionar dinero a Jones y sus hombres. Y tú, Clover, ¿dónde están esos cuatro potros que diste a luz, que deberían haber sido el apoyo y el placer de tu vejez? Los vendieron al cumplir un año; nunca los volverás a ver. A cambio de tus cuatro partos y de todo tu trabajo en los campos, ¿qué has recibido excepto las raciones justas y un establo?

»E incluso no se nos permite que las miserables vidas que llevamos alcancen su curso natural. Yo, por mi parte, no me quejo, porque soy uno de los afortunados. He vivido doce años y he tenido más de cuatrocientos hijos. Tal es la vida natural de un cerdo, pero ningún animal escapa al cuchillo cruel al final. Vosotros, los jóvenes cerdos que estáis sentados frente a mí, todos gritaréis vuestra vida en el matadero dentro de un año. A ese horror todos llegaremos: vacas, cerdos, gallinas, ovejas, todos. Incluso los caballos y los perros no tienen un destino mejor. Tú, Boxer, el mismo día en que tus grandes músculos pierdan su poder, Jones te venderá al desollador, quien te cortará la garganta y te convertirá en alimento para los perros de caza. En cuanto a los perros, cuando envejecen y se quedan sin dientes, Jones les ata un ladrillo al cuello y los ahoga en el estanque más cercano.

»¿No está entonces lo suficientemente claro, compañeros, que todos los males de nuestra vida surgen de la tiranía de los seres humanos? Sólo debemos deshacernos del Hombre, y el fruto de nuestro trabajo será nuestro. Casi de la noche a la mañana podríamos ser ricos y libres. ¿Qué debemos hacer entonces? Trabajar día y noche, cuerpo y alma, por el derrocamiento de la raza humana.

»Ése es mi mensaje, compañeros: ¡Rebelión! No sé cuándo llegará esa Rebelión, podría ser en una semana o en cien años, pero sé, con la misma certeza con la que veo esta paja bajo mis pies, que tarde o temprano se hará justicia. Fijad los ojos en eso, compañeros, durante el corto tiempo que le queda a vuestras vidas. Y sobre todo, transmitid mi mensaje a los que vengan después de vosotros, para que las futuras generaciones continúen la lucha hasta que sea victoriosa.

»Y recordad, compañeros, la resolución nunca debe flaquear. Ningún argumento debe desviaros. No escuchéis cuando os digan que el Hombre y los animales tienen un interés común, que la prosperidad de uno es la prosperidad del otro. Todo eso es mentira. El Hombre no sirve a los intereses de ninguna criatura excepto a sí mismo. Y entre nosotros, los animales, debe haber perfecta unidad, perfecta camaradería en la lucha. Todos los hombres son enemigos. Todos los animales son compañeros.

En ese momento se produjo un gran alboroto. Mientras Major hablaba, cuatro ratas grandes habían salido de sus agujeros y estaban sentadas sobre sus cuartos traseros, escuchándolo. Los perros las vieron de repente, y sólo con una rápida carrera hacia sus agujeros las ratas salvaron sus vidas. Major levantó su pezuña para pedir silencio.

—Compañeros –dijo–, aquí hay un asunto que debe resolverse. Las criaturas salvajes, como las ratas y los conejos, ¿son nuestros amigos o nuestros enemigos? Sometámoslo a votación. Propongo hacer esta pregunta a la asamblea: ¿Las ratas son compañeras?

La votación se llevó a cabo de inmediato, y se acordó por abrumadora mayoría que las ratas eran compañeras. Sólo hubo cuatro disidentes: los tres perros y la gata, quien, como se descubrió después, había votado en ambos bandos. Major continuó:

—No tengo mucho más que decir. Simplemente repito: recordad siempre vuestro deber de enemistad hacia el Hombre y todas sus costumbres. Todo lo que camine sobre dos patas es un enemigo. Todo lo que camine sobre cuatro patas o tenga alas es un amigo. Y recordad también que, al luchar contra el Hombre, no debemos llegar a parecernos a él. Incluso, cuando lo hayáis vencido, no adoptéis sus vicios. Ningún animal debe vivir jamás en una casa, ni dormir en una cama, ni usar ropa, ni beber alcohol, ni fumar tabaco, ni tocar dinero, ni participar en el comercio. Todos los hábitos del Hombre son malignos. Y, sobre todo, ningún animal debe tiranizar jamás a los de su propia especie. Débil o fuerte, inteligente o simple, todos somos hermanos. Ningún animal debe matar nunca a otro animal. Todos los animales son iguales.

»Y ahora, compañeros, os hablaré sobre mi sueño de anoche. No puedo describiros ese sueño. Fue un sueño de la Tierra tal como será cuando el Hombre haya desaparecido. Pero me recordó algo que hacía mucho tiempo que había olvidado. Hace muchos años, cuando era un cerdito, mi madre y las otras cerdas solían cantar una vieja canción de la que sólo conocían la melodía y las tres primeras palabras. Yo sabía esa melodía en mi infancia, pero hacía mucho que se había desvanecido de mi mente. Sin embargo, anoche volvió a mí en mi sueño.

»Y lo que es más importante, las palabras de la canción también regresaron, palabras, estoy seguro, que fueron cantadas por los animales de antaño y que se habían perdido en la memoria durante generaciones. Os cantaré esa canción ahora, compañeros. Soy viejo y mi voz es ronca, pero, cuando os haya enseñado la melodía, vosotros la podréis cantar mejor. Se llama *Bestias de Inglaterra*.

El viejo Major se aclaró la garganta y comenzó a cantar. Tal como había dicho, su voz era ronca, pero cantaba lo suficientemente bien, y aquélla era una melodía conmovedora, algo entre *Clementine* y *La Cucaracha*. La letra decía:

Bestias de Inglaterra, bestias de Irlanda,
bestias de toda tierra y clima,
escuchad mis alegres noticias
del dorado tiempo futuro.

Pronto o tarde llegará el día,
el tirano Hombre será derrocado,
y los fértiles campos de Inglaterra
serán pisados sólo por bestias.

Los aros desaparecerán de nuestras narices,
y los arneses de nuestras espaldas,
el bocado y la espuela se oxidarán para siempre,
y los crueles látigos ya no restallarán.

Riquezas más allá de lo que la mente puede imaginar,
trigo y cebada, avena y heno,
trébol, frijoles y remolachas
serán nuestros en ese día.

Brillarán los campos de Inglaterra,
más puras serán sus aguas,
más dulces soplarán sus brisas
en el día que nos libere.

Por ese día todos debemos trabajar,
aunque muramos antes de verlo;
vacas y caballos, gansos y pavos,
todos debemos luchar por la libertad.

Bestias de Inglaterra, bestias de Irlanda,
bestias de toda tierra y clima,
escuchad bien y difundid mis noticias
del dorado tiempo futuro.

Esta canción lanzó a los animales a la mayor de las excitaciones. Casi antes de que Major llegara al final, ya la estaban cantando. Incluso los más tontos ya habían aprendido la melodía y algunas de las palabras y, en cuanto a los más inteligentes, como los cerdos y los perros, se la supieron de memoria en pocos minutos. Y entonces, después de algunos intentos preliminares, toda la granja estalló con la canción *Bestias de Inglaterra* en una tremenda unión. Las vacas la mugieron, los perros la ladraron, las ovejas la balaron, los caballos la relincharon, los patos la graznaron. Estaban tan encantados con la canción que la cantaron completa cinco veces seguidas, y podrían haber seguido cantándola toda la noche si no los hubieran interrumpido. Desafortunadamente, el alboroto despertó al señor Jones, quien saltó de la cama, convencido de que había un zorro en el patio. Agarró la escopeta que siempre tenía en un rincón del dormitorio y disparó una carga de perdigones a la oscuridad. Los perdigones se incrustaron en la pared del granero y la reunión se disolvió apresuradamente. Todos corrieron a sus lugares de descanso. Los pájaros saltaron a sus perchas, los animales se acomodaron en la paja y, en un instante, toda la granja estuvo dormida.

II

Tres noches después, el viejo Major murió plácidamente mientras dormía. Su cuerpo fue enterrado al pie del huerto.

Esto ocurrió a principios de marzo. Durante los tres meses siguientes hubo mucha actividad secreta. El discurso de Major había dado a los animales más inteligentes de la granja una perspectiva completamente nueva de la vida. No sabían cuándo ocurriría la Rebelión predicha por Major, no tenían razones para pensar que sucedería durante sus vidas, pero veían claramente que su deber era prepararse para ella.

El trabajo de enseñar y organizar a los demás recayó naturalmente en los cerdos, que solían ser reconocidos como los más inteligentes de los animales. Entre los cerdos destacaban dos jóvenes verracos llamados Snowball y Napoleón, a quienes el Sr. Jones criaba para la venta. Napoleón era un gran verraco de Berkshire, el único en toda la granja procedente de dicho condado, de aspecto bastante feroz, no muy hablador, pero con la reputación de que siempre se salía con la suya.

Snowball era un cerdo más vivaz que Napoleón, más rápido en el habla y más inventivo, pero no se le consideraba con la misma profundidad de carácter. Todos los demás cerdos machos en la granja eran lechones. El más conocido entre ellos era un pequeño cerdo gordo llamado Squealer, con mejillas muy redondas, ojos centelleantes, movimientos ágiles y una voz aguda.

Era un hablador brillante y, cuando discutía algún punto difícil, tenía la costumbre de saltar de un lado a otro y mover la cola de una manera que resultaba muy persuasiva. Los demás decían de Squealer que podía convertir lo negro en blanco.

Estos tres habían elaborado las enseñanzas del viejo Major en un sistema completo de pensamiento, al que dieron el nombre de Animalismo. Varias noches a la semana, después de que el Sr. Jones se durmiera, realizaban reuniones secretas en el granero y exponían los principios del Animalismo a los demás. Al principio, se encontraron con mucha estupidez y apatía. Algunos animales hablaban del deber de lealtad hacia el Sr. Jones, a quien se referían como «Amo», o hacían comentarios elementales como: «El Sr. Jones nos alimenta. Si se fuera, moriríamos de hambre». Otros hacían preguntas como: «¿Por qué deberíamos preocuparnos por lo que pase después de que estemos muertos?» o «Si de todas formas esta Rebelión va a suceder, ¿qué diferencia supone el hecho de trabajar en favor de ella o no?». Los cerdos tuvieron muchas dificultades para hacerles ver que esto era contrario al espíritu del Animalismo.

Las preguntas más tontas de todas las hacía Mollie, la yegua blanca. La primera pregunta que le planteó a Snowball fue:

—¿Habrá azúcar después de la Rebelión?

—No –dijo Snowball con firmeza–. No tenemos medios para producir azúcar en esta granja. Además, no necesitas azúcar. Tendrás toda la avena y el heno que desees.

—¿Y podré seguir usando cintas en mi crin? –preguntó Mollie.

—Camarada –dijo Snowball–, esas cintas a las que estás tan apegada son el símbolo de la esclavitud. ¿No puedes entender que la libertad vale más que las cintas?

Mollie estuvo de acuerdo, pero no sonaba muy convencida.

Los cerdos tuvieron una lucha aún más difícil para contrarrestar las mentiras propagadas por Moisés, el cuervo domesticado. Moisés, la mascota especial del Sr. Jones, era un espía y un chismoso, pero también era un hábil conversador. Afirmaba conocer la existencia de un país misterioso llamado Montaña de Caramelo, al que iban todos los animales cuando morían. Estaba situado en algún lugar del cielo, un poco más allá de las nubes, decía Moisés.

En la Montaña de Caramelo era domingo siete días a la semana, el trébol estaba en temporada todo el año y el azúcar en terrones y los pasteles de linaza crecían en los setos. Los animales odiaban a Moisés porque contaba historias y no trabajaba, pero algunos de ellos creían en la Montaña de Caramelo, y los cerdos tenían que esforzarse mucho para convencerlos de que tal lugar no existía.

Sus discípulos más fieles eran los dos caballos de tiro, Boxer y Clover. Estos dos tenían mucha dificultad para pensar por sí mismos, pero, una vez que aceptaron a los cerdos como sus maestros, absorbieron todo lo que se les decía y lo transmitían a los demás animales con argumentos sencillos. No faltaban nunca a las reuniones secretas en el granero y lideraban el canto de *Bestias de Inglaterra*, con el que siempre terminaban las reuniones.

Pero la Rebelión se logró mucho antes y con más facilidad de lo que nadie había esperado. En años anteriores, aunque el Sr. Jones era un amo duro, había sido un agricultor competente, pero últimamente había caído en desgracia. Se había desanimado mucho después de perder dinero en un pleito y había comenzado a beber más de lo que le convenía. Durante días enteros se tumbaba en su sillón Windsor en la cocina, leyendo los periódicos, bebiendo y, de vez en cuando, alimentando a Moisés con cortezas de pan empapadas en cerveza.

Sus hombres eran perezosos y deshonestos, los campos estaban llenos de maleza, los edificios necesitaban reparaciones, los setos estaban descuidados y los animales, mal alimentados.

Llegó junio y el heno estaba casi listo para ser cortado. En la víspera del solsticio de verano, que era un sábado, el Sr. Jones fue a Willingdon y se emborrachó tanto en el Red Lion que no regresó hasta el mediodía del domingo.

Los hombres habían ordeñado las vacas temprano y luego se habían ido a cazar conejos, sin preocuparse de alimentar a los animales. Cuando el Sr. Jones regresó, se fue directamente a dormir al sofá de la sala con el *News of the World* sobre la cara, de modo que, cuando llegó la noche, los animales seguían sin comer.

Finalmente, no pudieron soportarlo más. Una de las vacas rompió la puerta del almacén con su cuerno y todos los animales comenzaron a servirse del grano. Fue en ese momento cuando el Sr. Jones se despertó. Al instante, él y sus cuatro hombres estaban en el almacén con látigos en las manos, azotando en todas las direcciones.

Esto fue más de lo que los animales hambrientos pudieron soportar. Al unísono, aunque nada de esto había sido planeado de antemano, se lanzaron sobre sus torturadores. Jones y sus hombres se encontraron de repente siendo embestidos y pateados desde todos los lados. La situación estaba completamente fuera de su control.

Nunca antes habían visto a los animales comportarse de esa manera, y este repentino levantamiento de criaturas, a las que estaban acostumbrados a golpear y maltratar como querían, los asustó casi hasta enloquecerlos. Después de un momento, abandonaron la defensa y huyeron. Un minuto después, los cinco corrían a toda velocidad por el camino de carro que llevaba a la carretera principal, con los animales persiguiéndolos triunfalmente.

La Sra. Jones miró por la ventana del dormitorio, vio lo que estaba pasando, apresuradamente arrojó algunas pertenencias en una bolsa y salió de la granja por otro camino. Moisés saltó de su percha y la siguió, graznando ruidosamente.

Mientras tanto, los animales habían perseguido a Jones y a sus hombres hasta la carretera y cerraron de golpe la puerta de cinco barrotes detrás de ellos. Y así, casi antes de darse cuenta de lo que estaba sucediendo, la Rebelión había sido llevada a cabo con éxito: Jones fue expulsado y la Granja Manor era suya.

Durante los primeros minutos, los animales apenas podían creer en su buena fortuna. Su primer acto fue galopar en grupo alrededor de los límites de la granja, como si quisieran asegurarse de que ningún ser humano se escondía en ella; luego corrieron de regreso a los edificios de la granja para borrar los últimos rastros del odiado reinado de Jones.

Forzaron el cuarto de los arneses que se encontraba al final de los establos; arrojaron al pozo los bocados, los anillos nasales, las cadenas de perros, los crueles cuchillos con los que el Sr. Jones solía castrar a los cerdos y corderos.

Lanzaron al fuego que ardía en el patio las riendas, los cabestros, las anteojeras, las degradantes bolsas de morro. Lo mismo hicieron con los látigos.

Todos los animales brincaron de alegría al ver los látigos consumirse en las llamas. Snowball también arrojó al fuego las cintas con las que normalmente se decoraban las crines y colas de los caballos en los días de mercado.

—Las cintas –dijo– deben considerarse como ropa, que es la marca de un ser humano. Todos los animales deben ir desnudos.

Cuando Boxer escuchó esto, fue a buscar el pequeño sombrero de paja que usaba en verano para mantener las moscas alejadas de sus orejas, y lo arrojó al fuego con el resto.

En muy poco tiempo, los animales habían destruido todo lo que les recordaba al Sr. Jones. Luego, Napoleón los condujo de regreso al almacén y repartió una doble ración de maíz para todos, con dos galletas para cada perro. Después, cantaron *Bestias de Inglaterra* de principio a fin siete veces seguidas y, a continuación, se acomodaron para pasar la noche y durmieron como nunca lo habían hecho.

Pero se despertaron al amanecer, como de costumbre y, de repente, recordando el glorioso acontecimiento, todos corrieron juntos al pasto. Un poco más abajo, había una colina que ofrecía una vista de casi toda la granja. Los animales corrieron hasta la cima y miraron a su alrededor bajo la clara luz de la mañana. ¡Sí, era suya! Todo aquello que podían ver era suyo. En el éxtasis de ese pensamiento, saltaron y giraron en círculos, y se lanzaron al aire con grandes saltos de emoción.

Rodaron en el rocío, mordisquearon bocados de la dulce hierba de verano, patearon terrones de la tierra negra y olfatearon su rico aroma. Luego, inspeccionaron toda la granja y contemplaron con muda admiración los campos de cultivo, el heno, el huerto, el estanque, el bosquecillo.

Era como si nunca hubieran visto todo eso antes, y aún ahora apenas podían creer que fuera suyo.

Luego, regresaron en fila a los edificios de la granja y se detuvieron en silencio frente a la puerta de la casa principal. Eso también era suyo, pero tenían miedo de entrar. Después de un momento, sin embargo, Snowball y Napoleón empujaron la puerta con los hombros y los animales entraron en fila, caminando con el mayor cuidado para no perturbar nada.

De puntillas, recorrieron la casa de habitación en habitación, temerosos de hablar más allá de un susurro y mirando con una especie de asombro el increíble lujo: las camas con colchones de plumas, los espejos, el sofá de crin, la alfombra de Bruselas, la litografía de la reina Victoria sobre la repisa de la chimenea de la sala.

Apenas estaban bajando las escaleras cuando se dieron cuenta de que Mollie no estaba. Al volver, vieron que se había quedado en el mejor dormitorio. Había cogido una cinta azul del tocador de la Sra. Jones y se la estaba poniendo en el hombro, admirándose en el espejo de una manera muy tonta. Los demás la reprendieron severamente y salieron.

Algunas piezas de jamón colgadas en la cocina fueron sacadas para ser enterradas, y el barril de cerveza en la despensa fue destrozado de una patada por Boxer. Aparte de eso, nada más de la casa fue tocado. En el acto se aprobó, por resolución unánime, que la casa debía preservarse como un museo. Todos estuvieron de acuerdo en que ningún animal debía vivir allí jamás.

Los animales desayunaron y, luego, Snowball y Napoleón los llamaron de nuevo.

—Camaradas –dijo Snowball–, son las seis y media y tenemos un largo día por delante. Hoy comenzamos la cosecha de heno. Pero hay otro asunto que debe atenderse primero.

Los cerdos revelaron entonces que durante los últimos tres meses habían aprendido a leer y escribir con un viejo libro de ortografía que pertenecía a los hijos del Sr. Jones y que había sido arrojado a la basura. Napoleón envió a buscar botes de pintura negra y blanca y los guio hasta la puerta de cinco barrotes que daba a la carretera principal.

Entonces Snowball (que era el mejor escribiendo) tomó un pincel entre las dos articulaciones de su pezuña, borró «GRANJA MANOR» de la parte superior de la puerta y en su lugar pintó «GRANJA ANIMAL». Ése sería el nombre de la granja de ahora en adelante.

Después, regresaron a los edificios de la granja, donde Snowball y Napoleón mandaron traer una escalera, que colocaron contra la pared del granero grande. Explicaron que, gracias a sus estudios de los últimos tres meses, los cerdos habían logrado reducir los principios del Animalismo a Siete Mandamientos. Estos Siete Mandamientos ahora serían inscritos en la pared; formarían una ley inalterable por la cual todos los animales de la Granja Animal debían vivir para siempre.

Con cierta dificultad (porque no es fácil para un cerdo mantenerse en equilibrio en una escalera), Snowball subió y se puso a trabajar, con Squealer unos peldaños más abajo sosteniendo el bote de pintura. Los Mandamientos se escribieron en la pared alquitranada con grandes letras blancas que podían leerse desde treinta metros de distancia. Decían así:

LOS SIETE MANDAMIENTOS

1. Todo lo que camine sobre dos patas es un enemigo.
2. Todo lo que camine sobre cuatro patas, o tenga alas, es un amigo.
3. Ningún animal usará ropa.
4. Ningún animal dormirá en una cama.
5. Ningún animal beberá alcohol.
6. Ningún animal matará a otro animal.
7. Todos los animales son iguales.

Estaba escrito con mucho esmero, y salvo porque la palabra «amigo» estaba escrita como «amig» y una de las «S» estaba al revés, la ortografía era correcta en todo el texto. Snowball lo leyó en voz alta para beneficio de los demás.

Todos los animales asintieron en completo acuerdo, y los más inteligentes comenzaron de inmediato a aprenderse los Mandamientos de memoria.

—Ahora, camaradas –gritó Snowball, arrojando el pincel–, ¡al campo de heno! Hagamos un punto de honor en recoger la cosecha más rápido de lo que Jones y sus hombres podrían hacerlo.

Pero, en ese momento, las tres vacas, que habían parecido inquietas durante un tiempo, comenzaron a mugir fuertemente. No las habían ordeñado en veinticuatro horas, y sus ubres estaban casi a punto de reventar. Después de pensarlo un poco, los cerdos enviaron a buscar cubos y ordeñaron a las vacas con bastante éxito, ya que sus pezuñas resultaron ser muy adecuadas para esta tarea. Pronto, había cinco cubos de leche espumosa y cremosa, a los que muchos de los animales miraban con considerable interés.

—¿Qué va a pasar con toda esa leche? –preguntó alguien.

—A veces Jones mezclaba un poco en nuestro puré –dijo una de las gallinas.

—¡No os preocupéis por la leche, camaradas! –gritó Napoleón, colocándose frente a los cubos–. Eso se atenderá. La cosecha es más importante. El camarada Snowball os guiará. Yo os seguiré en unos minutos. ¡Adelante, camaradas! El heno nos espera.

Así que los animales marcharon hacia el campo de heno para comenzar la cosecha y, cuando regresaron por la tarde, se dieron cuenta de que la leche había desaparecido.

III

¡Cuánto trabajaron y sudaron para recoger el heno! Pero sus esfuerzos fueron recompensados, ya que la cosecha fue un éxito incluso mayor de lo que habían esperado.

A veces el trabajo era duro; las herramientas estaban diseñadas para los seres humanos y no para los animales, y suponía una gran desventaja que ningún animal pudiera usar herramienta alguna que implicara estar de pie sobre sus patas traseras. Pero los cerdos eran tan ingeniosos que podían encontrar una solución para cada dificultad. En cuanto a los caballos, conocían cada centímetro del campo y, de hecho, entendían del asunto de segar y rastrillar mucho mejor de lo que Jones y sus hombres lo habían hecho jamás.

Los cerdos no trabajaban realmente, sino que dirigían y supervisaban a los demás. Con su conocimiento superior, era natural que asumieran el liderazgo. Boxer y Clover se enganchaban al cortador o al rastrillo (no se necesitaban bocado ni riendas en esos días, por supuesto) y caminaban sin parar alrededor del campo con un cerdo caminando detrás y gritando «¡Adelante, camarada!» o «¡Alto, camarada!», según el caso. Y cada animal, hasta el más humilde, trabajaba volteando el heno y recogiéndolo. Incluso los patos y las gallinas trabajaban de un lado a otro todo el día bajo el Sol, llevando pequeñas briznas de heno en sus picos.

Al final, terminaron la cosecha en dos días menos de lo que normalmente les llevaba a Jones y sus hombres. Además, fue la cosecha más grande que la granja había visto jamás. No hubo ningún desperdicio; las gallinas y los patos, con sus ojos agudos, recogieron hasta la última brizna. Y ni un solo animal en la granja robó ni un bocado.

Durante todo ese verano, el trabajo de la granja fue como un reloj. Los animales eran más felices de lo que jamás habían imaginado. Cada bocado de comida era un placer agudo y positivo, ahora que era realmente su propia comida, producida por ellos y para ellos mismos, no repartida con desgana por un amo renuente. Con los inútiles y parasitarios seres humanos fuera, había más comida para todos.

También había más tiempo libre, aunque los animales no tuvieran experiencia de ello. Se encontraron con muchas dificultades; por ejemplo, más adelante en el año, cuando cosecharon el maíz, tuvieron que pisotearlo al estilo antiguo y soplar la paja con su aliento, ya que la granja no tenía una máquina trilladora. Pero los cerdos, con su astucia, y Boxer, con sus tremendos músculos, siempre lograban sacarlos adelante.

Boxer era la admiración de todos. Había sido un trabajador duro incluso en los tiempos de Jones, pero ahora parecía más bien como tres caballos en uno; había días en que todo el trabajo de la granja parecía descansar sobre sus poderosos hombros. Desde la mañana hasta la noche empujaba y tiraba, siempre en el lugar donde el trabajo era más duro. Había hecho un arreglo con uno de los gallos para que lo despertara por las mañanas media hora antes que a los demás, y trabajaba como voluntario en lo que pareciera más necesario antes de que comenzara la jornada regular. Su respuesta a cada problema, cada contratiempo, era:

—¡Trabajaré más duro!

Esta frase se había convertido en su lema personal.

Pero todos trabajaban de acuerdo a su capacidad. Las gallinas y los patos, por ejemplo, ahorraron cinco fanegas de maíz durante la cosecha recogiendo los granos sueltos. Nadie robaba, nadie se quejaba de sus raciones; las peleas, las mordeduras y los celos, que eran características normales de la vida en los viejos tiempos, casi habían desaparecido. Nadie se escaqueaba, o casi nadie. Es cierto que Mollie no era buena para levantarse temprano y solía abandonar el trabajo antes alegando que tenía una piedra en la pezuña. Y el comportamiento del gato era algo peculiar. Pronto se notó que, cuando había trabajo por hacer, éste nunca se encontraba en el lugar. Desaparecía durante horas y luego reaparecía a la hora de las comidas o por la noche, cuando el trabajo ya había terminado, como si nada hubiera pasado. Pero siempre presentaba excusas tan buenas y ronroneaba con tanto cariño que era imposible no creer en sus buenas intenciones.

El viejo Benjamin, el burro, parecía completamente inalterado desde la Rebelión. Realizaba su trabajo de la misma manera lenta y obstinada que en la época de Jones, sin rehuirlo, pero tampoco se ofrecía para hacer más. Sobre la Rebelión y sus resultados no expresaba opinión alguna. Cuando le preguntaban si no era más feliz ahora que Jones se había ido, sólo decía:

—Los burros viven mucho tiempo. Vosotros no habéis visto nunca un burro muerto.

Y los demás tenían que contentarse con esa respuesta críptica.

Los domingos no se trabajaba. El desayuno era una hora más tarde de lo habitual y, después de éste, se llevaba a cabo una ceremonia que se repetía cada semana sin falta. Primero venía el izado de la bandera. Snowball había encontrado en el cuarto de arneses un viejo mantel verde de la Sra. Jones y había pintado en él una pezuña y un cuerno en blanco. Esta bandera se izaba en el asta del jardín de la casa principal cada domingo por la mañana.

La bandera era verde, explicó Snowball, para representar los verdes campos de Inglaterra, mientras que la pezuña y el cuerno simbolizaban la futura República de los Animales, que surgiría cuando la raza humana hubiera sido finalmente derrocada.

Después del izado de la bandera, todos los animales se reunían en el granero grande para una asamblea general, conocida como la Reunión. Allí se planificaba el trabajo de la semana siguiente y se presentaban y debatían resoluciones. Siempre eran los cerdos quienes las proponían. Los otros animales entendían cómo votar, pero nunca se les ocurría ninguna resolución propia. Snowball y Napoleón eran, con mucho, los más activos en los debates. Sin embargo, se notaba que nunca estaban de acuerdo: cualquier sugerencia que uno hiciera, el otro se oponía de inmediato.

Incluso cuando se resolvió –algo a lo que nadie podía oponerse– reservar el pequeño potrero detrás del huerto como hogar de descanso para los animales que ya no podían trabajar, hubo un acalorado debate sobre la edad de jubilación correcta para cada tipo de animal.

La Reunión siempre terminaba con el canto de *Bestias de Inglaterra*, y la tarde se dedicaba al recreo.

Los cerdos habían reservado el cuarto de arneses como su cuartel general. Allí, por las tardes, estudiaban herrería, carpintería y otras artes necesarias a partir de libros que habían sacado de la casa principal. Snowball también se dedicaba a organizar a los demás animales en lo que él llamaba Comités de Animales. Era incansable en esto. Formó el Comité de Producción de Huevos para las gallinas, la Liga de Colas Limpias para las vacas, el Comité de Reeducación de los Camaradas Salvajes (que tenía como objetivo domesticar a las ratas y los conejos), el Movimiento de Lana Más Blanca para las ovejas y otros varios, además de instituir clases de lectura y escritura.

En general, estos proyectos fueron un fracaso. El intento de domesticar a las criaturas salvajes, por ejemplo, fracasó casi de inmediato. Continuaron comportándose como antes y, cuando se las trataba con generosidad, simplemente, se aprovechaban de ello. El gato se unió al Comité de Reeducación y fue muy activo en él durante algunos días. Un día se le vio sentado en un tejado hablando con unos gorriones que estaban justo fuera de su alcance. Les decía que todos los animales eran ahora camaradas y que cualquier gorrión que quisiera podía posarse en su pata; pero los gorriones se mantuvieron a distancia.

Sin embargo, las clases de lectura y escritura fueron un gran éxito. Para el otoño, casi todos los animales de la granja estaban alfabetizados en algún grado. Los cerdos ya podían leer y escribir perfectamente. Los perros aprendieron a leer bastante bien, pero no estaban interesados en leer nada más que los Siete Mandamientos. Muriel, la cabra, podía leer un poco mejor que los perros y, a veces, leía a los demás por las noches trozos de periódico que encontraba en la basura. Benjamin podía leer tan bien como cualquier cerdo, pero nunca ejercitaba su habilidad. Según él, no había nada que valiera la pena leer. Clover aprendió todo el abecedario, pero no podía formar palabras. Boxer no podía ir más allá de la letra «D».

Después de mucho pensar, Snowball declaró que los Siete Mandamientos podían reducirse a una sola máxima:

CUATRO PATAS BIEN, DOS PATAS MAL.

Esto, dijo, contenía el principio esencial del Animalismo. Quien lo comprendiera plenamente estaría a salvo de las influencias humanas. Al principio, las aves se opusieron, ya que les parecía que ellas también tenían dos patas, pero Snowball les demostró que no era así.

—El ala de un pájaro, camaradas –dijo–, es un órgano de propulsión y no de manipulación. Por lo tanto, debe considerarse como una pata. La marca distintiva del hombre es la mano, el instrumento con el que hace todas sus fechorías.

Las aves no entendieron las largas explicaciones de Snowball, pero aceptaron su argumentación, y todos los animales más humildes se pusieron a trabajar para aprender la nueva máxima de memoria.

«CUATRO PATAS BIEN, DOS PATAS MAL» fue inscrito en la pared del granero, sobre los Siete Mandamientos y con letras más grandes. Una vez que se aprendieron la máxima de memoria, las ovejas desarrollaron un gran gusto por ella, y a menudo, mientras descansaban en el campo, comenzaban a balar: «¡Cuatro patas bien, dos patas mal! ¡Cuatro patas bien, dos patas mal!» y podían continuar así durante horas sin cansarse.

Napoleón no mostró interés en los comités de Snowball. Decía que la educación de los jóvenes era más importante que cualquier cosa que pudiera hacerse por los que ya eran adultos. Sucedió que Jessie y Bluebell parieron poco después de la cosecha del heno, dando a luz entre las dos a nueve robustos cachorros. Tan pronto como fueron destetados, Napoleón los separó de sus madres, alegando que él mismo se encargaría de su educación. Los llevó a un desván al que sólo se podía acceder por una escalera desde el cuarto de arneses y los mantuvo allí en tal aislamiento que el resto de la granja pronto olvidó su existencia.

El misterio de a dónde había ido la leche se aclaró pronto. Se mezclaba todos los días en el puré de los cerdos. Las primeras manzanas ya estaban madurando, y el suelo del huerto estaba cubierto de frutos caídos. Los animales habían supuesto que, naturalmente, éstos se repartirían por igual; sin embargo, un día se dio la orden de que todas las manzanas caídas debían ser recogidas y llevadas al cuarto de arneses para uso exclusivo de los cerdos. Algunos de los otros animales murmuraron, pero fue en vano. Todos los cerdos estaban completamente de acuerdo en este punto, incluso Snowball y Napoleón. Se envió a Squealer a dar las explicaciones necesarias a los demás.

—¡Camaradas! –gritó–. No imaginéis, espero, que nosotros, los cerdos, hacemos esto con un espíritu de egoísmo y privilegio. A muchos de nosotros, en realidad, no nos gustan la leche y las manzanas. A mí mismo no me gustan. Nuestro único objetivo al tomar estas cosas es preservar nuestra salud. La leche y las manzanas (esto ha sido demostrado por la ciencia, camaradas) contienen sustancias absolutamente necesarias para el bienestar de un cerdo. Nosotros, los cerdos, somos trabajadores intelectuales. Toda la gestión y organización de esta granja depende de nosotros. Día y noche velamos por su bienestar. Es por su bien que bebemos esa leche y comemos esas manzanas. ¿Sabéis lo que pasaría si fracasáramos en nuestro deber? ¡Jones volvería! ¡Sí,

Jones volvería! Seguramente, camaradas –gritó Squealer casi suplicante, saltando de un lado a otro y moviendo la cola–, seguramente no hay nadie entre vosotros que quiera ver a Jones de regreso.

Ahora bien, si había algo de lo que los animales estaban completamente seguros, era de que no querían a Jones de vuelta. Así las cosas, no tuvieron nada más que decir. La importancia de mantener a los cerdos en buen estado de salud era más que evidente. Así que se acordó sin más discusión que la leche y las manzanas caídas (y también la cosecha principal de manzanas cuando maduraran) debían reservarse exclusivamente para los cerdos.

IV

A finales del verano, las noticias de lo sucedido en la Granja Animal se habían extendido por la mitad del condado. Cada día, Snowball y Napoleón enviaban bandadas de palomas con instrucciones de mezclarse con los animales de las granjas vecinas, contarles la historia de la Rebelión y enseñarles la canción *Bestias de Inglaterra*.

La mayor parte de ese tiempo, el Sr. Jones lo pasaba sentado en la taberna del Red Lion en Willingdon, quejándose a quien quisiera escuchar sobre la monstruosa injusticia que había sufrido al ser expulsado de su propiedad por un grupo de animales buenos para nada.

Los otros granjeros simpatizaban en principio, pero no le ofrecían mucha ayuda. En el fondo, cada uno de ellos se preguntaba en secreto si no podría aprovechar de alguna manera la desgracia de Jones para su propio beneficio.

Afortunadamente los propietarios de las dos granjas que lindaban con la Granja Animal mantenían permanentemente mala relación. Una de ellas, llamada Foxwood, era una granja grande, descuidada y anticuada, con muchas zonas cubiertas de bosque, sus pastizales desgastados y sus setos en un estado deplorable. Su dueño, el Sr. Pilkington, era un caballero granjero despreocupado que pasaba la mayor parte de su tiempo pescando o cazando, según la temporada.

La otra granja, llamada Pinchfield, era más pequeña y mejor mantenida. Su propietario era el Sr. Frederick, un hombre duro y astuto, perpetuamente envuelto en pleitos y con fama de hacer tratos muy duros. Estos dos se desagradaban tanto que era difícil que llegaran a cualquier acuerdo, incluso en defensa de sus propios intereses.

Sin embargo, ambos estaban profundamente asustados por la rebelión en la Granja Animal y muy ansiosos por evitar que sus propios animales aprendieran demasiado al respecto. Al principio, fingieron reírse de la idea de que los animales pudieran gestionar una granja por sí mismos.

Todo terminará en quince días, decían. Difundieron el rumor de que los animales de la Granja Manor (insistían en llamarla Granja Manor; no toleraban el nombre

«Granja Animal») se peleaban constantemente entre ellos y se morían de hambre rápidamente.

Cuando pasó el tiempo y fue evidente que los animales no se morían de hambre, Frederick y Pilkington cambiaron su discurso y comenzaron a hablar de la terrible maldad que ahora florecía en la Granja Animal. Se decía que los animales allí practicaban el canibalismo, se torturaban unos a otros con herraduras al rojo vivo y compartían a sus hembras en común. Esto era lo que sucedía al rebelarse contra las leyes de la naturaleza, decían Frederick y Pilkington.

Sin embargo, estas historias nunca fueron completamente creídas. Los rumores de una maravillosa granja, donde los seres humanos habían sido expulsados y los animales manejaban sus propios asuntos, continuaron circulando en formas vagas y distorsionadas, y durante todo ese año una ola de rebeldía recorrió el campo.

Toros que siempre habían sido dóciles de repente se volvieron salvajes, ovejas derribaron setos y devoraron el trébol, vacas patearon los cubos, caballos de caza se negaron a saltar las vallas y arrojaron a sus jinetes al otro lado.

Sobre todo, la melodía e incluso las palabras de *Bestias de Inglaterra* se conocían en todas partes. Se había extendido con una velocidad asombrosa. Los seres humanos no podían contener su ira cuando escuchaban esta canción, aunque pretendían considerarla simplemente ridícula. No podían entender, decían, cómo incluso los animales podían ponerse a cantar semejante basura despreciable. Cualquier animal sorprendido cantándola recibía una paliza en el acto. Y, sin embargo, la canción era irreprimible. Los mirlos la silbaban en los setos, las palomas la arrullaban en los olmos, se colaba en el ruido de las herrerías y en el toque de las campanas de la iglesia. Y, cuando los seres humanos la escuchaban, temblaban en secreto, oyendo en ella una profecía de su condena futura.

A principios de octubre, cuando el maíz estaba cortado y apilado y parte de él ya había sido trillado, una bandada de palomas llegó volando a toda prisa y aterrizó en el patio de la Granja Animal con la mayor emoción.

Jones y todos sus hombres, junto con media docena más de Foxwood y Pinchfield, habían entrado por la puerta de cinco barrotes y venían por el camino de carro que conducía a la granja. Todos llevaban palos, excepto Jones, que marchaba al frente con una escopeta en las manos. Obviamente, iban a intentar recuperar la granja.

Esto se había esperado durante mucho tiempo y se habían hecho todos los preparativos. Snowball, que había estudiado un viejo libro de las campañas de Julio César que había encontrado en la casa principal, estaba a cargo de las operaciones defensivas. Dio sus órdenes rápidamente y, en un par de minutos, todos los animales estuvieron en sus puestos.

Cuando los seres humanos se acercaron a los edificios de la granja, Snowball lanzó su primer ataque. Todas las palomas, unas treinta y cinco, volaron de un lado a otro sobre las cabezas de los hombres y los bombardearon desde el aire; y mientras los hombres lidiaban contra ellas, los gansos, escondidos detrás del seto, salieron corriendo y picotearon ferozmente las pantorrillas de sus piernas. Sin embargo, esto sólo era una maniobra ligera de escaramuza, destinada a crear un poco de desorden, y los hombres ahuyentaron fácilmente a los gansos con sus palos.

Snowball lanzó, entonces, su segunda línea de ataque. Muriel, Benjamin y todas las ovejas, con Snowball a la cabeza, corrieron hacia delante y empujaron y embistieron a los hombres por todos los lados, mientras Benjamin giraba y les golpeaba con sus pequeñas pezuñas. Pero, una vez más, los hombres, con sus palos y sus botas con clavos, eran demasiado fuertes para ellos; y de repente, ante un chillido de Snowball, que era la señal de retirada, todos los animales se dieron la vuelta y huyeron por la entrada al patio.

Los hombres gritaron de triunfo. Vieron, como habían imaginado, a sus enemigos huyendo y corrieron tras ellos en desorden. Esto era exactamente lo que Snowball había planeado. Tan pronto como estuvieron bien dentro del patio, los tres caballos, las tres vacas y el resto de los cerdos, que habían estado tendidos en emboscada en el establo de las vacas, surgieron de repente por detrás, cortándoles la retirada. Snowball dio entonces la señal de carga.

Él mismo se lanzó directamente contra Jones. Éste lo vio venir, levantó su escopeta y disparó. Las balas dejaron surcos sangrientos a lo largo de la espalda de Snowball, y una oveja cayó muerta. Sin detenerse ni un instante, Snowball arremetió con todo su peso contra las piernas de Jones, que fue arrojado a una pila de estiércol y su escopeta voló de sus manos.

Pero el espectáculo más aterrador de todos era Boxer, levantándose sobre sus patas traseras y golpeando con sus enormes pezuñas herradas como un semental. Su primer golpe alcanzó a un mozo de cuadra de Foxwood en el cráneo y lo dejó tendido sin vida en el barro. Al verlo, varios hombres soltaron sus palos y trataron de huir.

Cundió el pánico y, al momento siguiente, todos los animales los perseguían por todo el patio. Fueron embestidos, pateados, mordidos, pisoteados. No había un solo animal en la granja que no se vengara de ellos a su manera.

Incluso el gato saltó de repente de un tejado sobre los hombros de un vaquero y hundió sus garras en su cuello, ante lo cual él gritó terriblemente.

En un momento en que la salida estaba despejada, los hombres se alegraron lo suficiente como para salir corriendo del patio y huir hacia la carretera principal. Y así, en menos de cinco minutos tras su invasión, estaban en una ignominiosa retirada por el mismo camino por el que habían llegado, con una bandada de gansos silbando tras ellos y picoteándoles las pantorrillas durante todo el camino.

Todos los hombres se habían ido, excepto uno. De regreso en el patio, Boxer estaba rascando con su pezuña al mozo de cuadra que yacía boca abajo en el barro, tratando de darle la vuelta. El muchacho no se movía.

—Está muerto –dijo Boxer con tristeza–. No tenía intención de hacer eso. Olvidé que llevaba herraduras de hierro. ¿Quién va a creer que no lo hice a propósito?

—¡Nada de sentimentalismos, camarada! –gritó Snowball, de cuyas heridas aún goteaba sangre–. La guerra es la guerra. El único ser humano bueno es el ser humano muerto.

—No deseo quitar la vida, ni siquiera la vida humana –repitió Boxer, y sus ojos se llenaron de lágrimas.

—¿Dónde está Mollie? –exclamó alguien.

De hecho, Mollie no estaba. Por un momento se desató una gran alarma; se temía que los hombres pudieran haberle hecho algo o incluso habérsela llevado con ellos.

Sin embargo, al final la encontraron, escondida en su establo, con la cabeza enterrada entre el heno del pesebre. Había huido tan pronto como se disparó la escopeta. Y, cuando los demás regresaron de buscarla, encontraron que el mozo de cuadra, que en realidad sólo estaba aturdido, ya se había recuperado y se había marchado.

Los animales se habían vuelto a reunir en la mayor de las emociones, cada uno contando sus propias hazañas en la batalla a voz en grito. Inmediatamente, se llevó a cabo una celebración improvisada de la victoria.

Se izó la bandera y se cantó *Bestias de Inglaterra* varias veces. Luego, la oveja que había sido asesinada recibió un solemne funeral, y se plantó un arbusto de espino en su tumba. Junto a la tumba, Snowball pronunció un pequeño discurso, enfatizando la necesidad de que todos los animales estuvieran listos para morir por la Granja Animal si fuera necesario.

Los animales decidieron unánimemente crear una condecoración militar, «Héroe Animal, Primera Clase», que se otorgó en ese momento a Snowball y a Boxer. Consistía en una medalla de bronce (en realidad, eran unos viejos adornos de bronce para caballos que se habían encontrado en el cuarto de arneses), para ser usada los domingos y festivos. También se instituyó el título de «Héroe Animal, Segunda Clase», que fue otorgado póstumamente a la oveja muerta.

Hubo mucha discusión sobre cómo debía llamarse la batalla. Al final, se decidió llamarla La Batalla del Establo de las Vacas, ya que allí fue donde se realizó la emboscada. Se encontró la escopeta del Sr. Jones tirada en el barro, y se sabía que había un suministro de cartuchos en la casa principal. Se decidió colocar la escopeta al pie del asta de la bandera, como una pieza de artillería, y dispararla dos veces al año: una vez el 12 de octubre, aniversario de la Batalla del Establo de las Vacas, y otra vez en el Día del Solsticio de Verano, aniversario de la Rebelión.

V

A medida que se acercaba el invierno, Mollie se volvía cada vez más problemática. Llegaba tarde al trabajo todas las mañanas y se excusaba diciendo que se había quedado dormida, y se quejaba de dolores misteriosos, aunque su apetito era excelente. Con cualquier pretexto se escapaba del trabajo y se iba al abrevadero, donde se quedaba tontamente mirando su propio reflejo en el agua. Pero también circulaban rumores de algo más serio. Un día, mientras Mollie paseaba alegremente por el patio, coqueteando con su larga cola y masticando un tallo de heno, Clover la llevó aparte.

—Mollie –dijo–, tengo algo muy serio que decirte. Esta mañana te vi mirando por encima del seto que divide la Granja Animal de Foxwood. Uno de los hombres del Sr. Pilkington estaba al otro lado del seto. Y, aunque estaba muy lejos, estoy casi segura de que vi esto: él te estaba hablando y tú le permitías acariciar tu nariz. ¿Qué significa eso, Mollie?

—¡No lo hizo! ¡Yo no estaba! ¡No es verdad! –gritó Mollie, comenzando a brincar y a rascar el suelo con sus patas.

—¡Mollie! Mírame a la cara. ¿Me das tu palabra de honor de que ese hombre no estaba acariciando tu nariz?

—¡No es verdad! –repitió Mollie, pero no pudo mirar a Clover a la cara, y al momento siguiente se dio la vuelta y galopó hacia el campo.

A Clover se le ocurrió una idea. Sin decir nada a los demás, fue al establo de Mollie y removió la paja con su pezuña. Escondido bajo la paja, había un pequeño montón de terrones de azúcar y varios lazos de cinta de diferentes colores.

Tres días después, Mollie desapareció. Durante algunas semanas no se supo nada de su paradero, luego las palomas informaron de que la habían visto al otro lado de Willingdon.

Estaba entre las varas de un elegante cochecito de perros pintado de rojo y negro, parado frente a una taberna. Un hombre gordo de cara roja, con pantalones a cuadros y polainas, que parecía un tabernero, le acariciaba la nariz y la alimentaba con azúcar. Su pelaje estaba recién recortado y llevaba una cinta escarlata alrededor de su mechón. Parecía estar disfrutando, según dijeron las palomas. Ninguno de los animales volvió a mencionar a Mollie.

En enero llegó un clima extremadamente duro. La tierra era como hierro, y no se podía hacer nada en los campos. Se realizaron muchas reuniones en el granero grande, y los cerdos se ocuparon de planificar el trabajo de la próxima temporada. Se había aceptado que los cerdos, que eran manifiestamente más inteligentes que los otros animales, debían decidir todas las cuestiones de la política de la granja, aunque sus decisiones tenían que ser ratificadas por voto mayoritario. Este arreglo habría funcionado bien si no fuera por las disputas entre Snowball y Napoleón.

Estos dos no estaban de acuerdo en cada punto donde era posible el desacuerdo. Si uno de ellos sugería sembrar una mayor superficie con cebada, el otro seguramente exigiría una mayor superficie de avena, y si uno decía que tal o cual campo era perfecto para coles, el otro declaraba que no servía para nada excepto para raíces. Cada uno tenía sus propios seguidores, y hubo algunos debates violentos.

En las reuniones, Snowball a menudo ganaba la mayoría con sus brillantes discursos, pero Napoleón era mejor en conseguir apoyo para sí mismo entre reuniones. Fue especialmente exitoso con las ovejas. Últimamente, éstas se habían acostumbrado a balar «Cuatro patas bien, dos patas mal», tanto dentro como fuera de temporada, y a menudo interrumpían la reunión con ésta máxima. Se notó que eran especialmente propensas a romper con «Cuatro patas bien, dos patas mal» en momentos cruciales de los discursos de Snowball.

Snowball había estudiado de cerca algunos números antiguos de *Granjero y ganadero* que había encontrado en la casa de campo, y tenía muchos planes de innovaciones y mejoras. Hablaba eruditamente sobre drenajes de campo, ensilado y escoria básica, y había elaborado un complicado esquema para que todos los animales dejaran su estiércol directamente en los campos, en un lugar diferente cada día, para ahorrar el trabajo de transporte. Napoleón no proponía planes propios, pero decía tranquilamente que los de Snowball no llegarían a nada, y parecía estar esperando su momento. Pero, de todas sus controversias, ninguna fue tan amarga como la que se dio sobre el molino de viento.

En el pastizal largo, no lejos de los edificios de la granja, había una pequeña colina que era el punto más alto de la granja. Después de inspeccionar el terreno, Snowball declaró que ése era el lugar perfecto para levantar un molino de viento, que podría funcionar con un dinamo y suministrar energía eléctrica a la granja. Esto iluminaría los establos y los calentaría en invierno, y también haría funcionar una sierra circular, una picadora de paja, una cortadora de remolacha y una máquina de ordeño eléctrica. Los animales nunca habían oído hablar de algo así antes (pues la granja era antigua y sólo tenía la maquinaria más primitiva), y escucharon con asombro mientras Snowball evocaba imágenes de fantásticas máquinas que harían su trabajo mientras ellos pastaban tranquilamente en los campos o mejoraban sus mentes con la lectura y la conversación.

A las pocas semanas, los planos de Snowball para el molino de viento estaban completamente elaborados. Los detalles mecánicos provenían principalmente de tres libros que habían pertenecido al Sr. Jones: *Mil cosas útiles para hacer en la casa*, *Cada hombre es su propio albañil* y *Electricidad para principiantes*. Snowball utilizaba como estudio un cobertizo que alguna vez se había usado para incubadoras y que tenía un suelo de madera liso, adecuado para dibujar. Se encerraba allí durante horas. Con sus libros sujetos por una piedra y un trozo de tiza entre los nudillos de su pezuña, se movía rápidamente de un lado a otro, trazando línea tras línea y emitiendo pequeños gemidos de emoción. Gradualmente, los planos se convirtieron en una masa complicada de manivelas y ruedas dentadas, cubriendo más de la mitad del suelo, lo cual los otros animales encontraban completamente ininteligible pero muy impresionante.

Todos acudían a ver los dibujos de Snowball al menos una vez al día. Incluso las gallinas y los patos iban, cuidando de no pisar las marcas de tiza. Sólo Napoleón se mantenía al margen. Se había declarado en contra del molino desde el principio. Sin embargo, un día llegó inesperadamente para examinar los planos. Caminó pesadamente alrededor del cobertizo, miró de cerca cada detalle de los planos y los olfateó una o dos veces, luego se quedó un rato contemplándolos de reojo; de repente levantó la pata, orinó sobre ellos y salió sin decir una palabra.

Toda la granja estaba profundamente dividida sobre el tema del molino de viento. Snowball no negaba que construirlo sería un trabajo difícil. Se tendría que transportar piedra y construir muros, luego habría que construir las aspas y, después, se necesitarían dínamos y cables. (Cómo se obtendrían éstos, Snowball no lo decía). Pero sostenía que todo podría hacerse en un año. Y después, declaró, se ahorraría tanto trabajo que los animales sólo tendrían que trabajar tres días a la semana.

Napoleón, por otro lado, argumentaba que la gran necesidad del momento era aumentar la producción de alimentos y que, si perdían tiempo en el molino, todos morirían de hambre.

Los animales se dividieron en dos facciones bajo los lemas: «Vota por Snowball y la semana de tres días» y «Vota por Napoleón y el pesebre lleno». Benjamin fue el único animal que no se unió a ninguna de las facciones. Se negaba a creer que la comida se volvería más abundante o que el molino ahorraría trabajo.

—Con molino o sin molino –decía–, la vida seguirá como siempre ha sido, es decir, mala.

Aparte de las disputas sobre el molino, estaba la cuestión de la defensa de la granja. Se entendía perfectamente que, aunque los humanos habían sido derrotados en la Batalla del Establo de las Vacas, podrían hacer otro intento más decidido de recuperar la granja y reinstaurar al Sr. Jones. Tenían más razones para hacerlo, ya que la noticia de su derrota se había extendido por el campo y había provocado que los animales de las granjas vecinas estuvieran más inquietos que nunca. Como de costumbre, Snowball y Napoleón no estaban de acuerdo.

Según Napoleón, lo que debían hacer los animales era conseguir armas de fuego y entrenarse en su uso. Según Snowball, debían enviar más y más palomas para provocar una rebelión entre los animales de las otras granjas. Uno argumentaba que si no podían defenderse, estaban destinados a ser conquistados; el otro sostenía que, si las rebeliones ocurrían en todas partes, no tendrían necesidad de defenderse. Los animales escuchaban primero a Napoleón, luego a Snowball, y no podían decidir cuál tenía razón; de hecho, siempre estaban de acuerdo con el que estaba hablando en ese momento.

Finalmente, llegó el día en que Snowball finalizó los planos. En la reunión del domingo siguiente, se iba a someter a votación la cuestión de si empezar o no a trabajar en el molino de viento. Cuando los animales se reunieron en el granero grande, Snowball se levantó y, aunque las ovejas interrumpían ocasionalmente con sus balidos, expuso sus razones para abogar por la construcción del molino. Luego Napoleón se puso de pie para responder. Dijo muy tranquilamente que el molino era una tontería y que no aconsejaba a nadie votar a favor, y se sentó de inmediato; había hablado apenas durante treinta segundos y parecía casi indiferente al efecto que había causado.

Ante esto, Snowball saltó de pie y, gritando por encima de las ovejas, que habían comenzado a balar de nuevo, lanzó un apasionado discurso a favor del molino. Hasta ese momento, los animales estaban divididos casi en partes iguales en sus simpatías, pero en un momento la elocuencia de Snowball los había conquistado. Con frases encendidas, pintó un cuadro de la Granja Animal tal como podría ser cuando el trabajo sucio se quitara de las espaldas de los animales. Su imaginación ahora había ido mucho más allá de picadoras de paja y cortadoras de nabos. La electricidad, decía, podría hacer funcionar trilladoras, arados, rastras, rodillos, segadoras y atadoras, además de proporcionar a cada establo su propia luz eléctrica, agua caliente y fría y un calentador eléctrico. Para cuando terminó de hablar, no cabía duda de cuál sería el resultado de la votación.

Pero justo en ese momento, Napoleón se levantó y, lanzando una peculiar mirada de soslayo a Snowball, emitió un gemido agudo de un tipo que nadie le había oído antes.

Al escuchar esto, se oyó un terrible ladrido afuera, y nueve enormes perros con collares tachonados de bronce irrumpieron en el granero. Se lanzaron directamente hacia Snowball, quien apenas logró saltar de su lugar a tiempo para escapar de sus fauces. En un instante, estaba fuera de la puerta y ellos lo seguían. Demasiado asombrados y asustados para hablar, todos los animales se agolparon en la puerta para observar la persecución. Snowball corría a través del largo prado que conducía al camino. Corría como sólo un cerdo puede correr, pero los perros estaban muy cerca de sus talones. De repente, resbaló y parecía seguro que lo atraparían. Luego se levantó de nuevo, corriendo más rápido que nunca, y los perros volvieron a acercarse a él. Uno de ellos casi cerró sus fauces en la cola de Snowball, pero se zafó justo a tiempo. Enseguida aceleró aún más y, con apenas unos centímetros de ventaja, se deslizó por un agujero en el seto y no se le volvió a ver.

Silenciosos y aterrorizados, los animales se arrastraron de regreso al granero. En un momento, los perros volvieron saltando. Al principio nadie había podido imaginar de dónde venían esas criaturas, pero pronto se resolvió el misterio: eran los cachorros que Napoleón había quitado de sus madres y criado en privado. Aunque aún no estaban completamente desarrollados, eran enormes, y tan feroces como lobos. Se mantenían cerca de Napoleón. Se notó que movían la cola hacia él de la misma manera que los otros perros solían hacerlo con el Sr. Jones.

Napoleón, con los perros siguiéndolo, subió ahora a la parte elevada del suelo donde Major se había parado anteriormente para dar su discurso. Anunció que a partir de ese momento, las Reuniones de los domingos por la mañana llegarían a su fin. Eran innecesarias, dijo, y una pérdida de tiempo. En el futuro, todas las cuestiones relacionadas con el funcionamiento de la granja serían decididas por un comité especial de cerdos, presidido por él mismo. Éstos se reunirían en privado y luego comunicarían sus decisiones a los demás. Los animales seguirían reuniéndose los domingos por la mañana para saludar la bandera, cantar *Bestias de Inglaterra* y recibir sus órdenes para la semana, pero no habría más debates.

A pesar del impacto que les había causado la expulsión de Snowball, los animales se quedaron consternados por este anuncio. Varios de ellos habrían protestado si hubieran encontrado los argumentos correctos. Incluso Boxer estaba vagamente preocupado. Echó las orejas hacia atrás, sacudió su mechón varias veces y trató de ordenar sus pensamientos; pero al final no pudo pensar en nada que decir. Algunos de los propios cerdos, sin embargo, eran más elocuentes. Cuatro cerditos en la primera fila emitieron agudos chillidos de desaprobación, se pusieron de pie y comenzaron a hablar al mismo tiempo. Pero, de repente, los perros sentados alrededor de Napoleón soltaron gruñidos profundos y amenazantes, y los cerdos guardaron silencio y volvieron a sentarse. Luego, las ovejas rompieron en un tremendo balido de «¡Cuatro patas bien, dos patas mal!», que duró casi un cuarto de hora y puso fin a cualquier posibilidad de discusión.

Después, enviaron a Squealer por la granja para explicar el nuevo arreglo a los demás.

—¡Camaradas! –dijo–, confío en que cada animal aquí aprecie el sacrificio que el Camarada Napoleón ha hecho al asumir esta carga adicional sobre sí mismo. ¡No imaginéis, camaradas, que el liderazgo es un placer! Al contrario, es una responsabilidad profunda y pesada. Nadie cree más firmemente que el Camarada Napoleón que todos los animales son iguales. Se sentiría más que feliz al dejarles tomar sus propias decisiones. Pero a veces podrían tomar las decisiones equivocadas, camaradas, ¿y entonces qué ocurriría? Suponed que hubierais decidido seguir a Snowball, con sus molinos de viento de fantasía... Snowball, que, como ahora sabemos, no era mejor que un criminal.

—Él luchó valientemente en la Batalla del Establo de las Vacas –dijo alguien.

—La valentía no es suficiente –dijo Squealer–. La lealtad y la obediencia son más importantes. Y en cuanto a la Batalla del Establo de las Vacas, creo que llegará el momento en que descubramos que el papel de Snowball en ella fue muy exagerado. ¡Disciplina, camaradas, disciplina de hierro! Ésa es la consigna de hoy. Un paso en falso, y nuestros enemigos caerán sobre nosotros. Seguramente, camaradas, no queréis que Jones vuelva, ¿verdad?

Una vez más, este argumento era irrefutable. Ciertamente, los animales no querían que Jones volviera; si la celebración de debates los domingos por la mañana podría traerlo de vuelta, entonces, los debates debían terminar. Boxer, que ahora había tenido tiempo para reflexionar, expresó el sentimiento general diciendo:

—Si el Camarada Napoleón lo dice, debe ser correcto.

Y desde entonces adoptó la máxima: «Napoleón siempre tiene la razón», además de su lema personal de «Trabajaré más duro».

Para entonces el clima había cambiado y la labranza de primavera había comenzado. El cobertizo donde Snowball había dibujado sus planos del molino de viento se había cerrado, y se suponía que éstos habían sido borrados del suelo. Cada domingo por la mañana a las diez en punto, los animales se reunían en el granero grande para recibir sus órdenes para la semana. El cráneo del viejo Major, ahora limpio de carne, había sido desenterrado del huerto y colocado en un tocón al pie del asta de la bandera, junto al cañón. Después de izar la bandera, se requería que los animales pasaran frente al cráneo de manera reverente antes de entrar al granero.

En estos días ya no se sentaban todos juntos como lo hacían antes. Napoleón, con Squealer y otro cerdo llamado Minimus, que tenía un notable don para componer canciones y poemas, se sentaban en la parte delantera de la plataforma elevada, con los nueve perros jóvenes formando un semicírculo alrededor de ellos, y los otros cerdos sentados detrás. El resto de los animales se sentaba frente a ellos en el cuerpo principal del granero. Napoleón leía las órdenes para la semana con un estilo rudo y marcial, y después de un solo canto de *Bestias de Inglaterra*, todos los animales se dispersaban.

El tercer domingo después de la expulsión de Snowball, los animales se sorprendieron un poco al escuchar a Napoleón anunciar que, después de todo, el molino de viento sería construido. No dio ninguna razón para haber cambiado de opinión, sino que simplemente advirtió a los animales que esta tarea adicional significaría un trabajo muy duro, e incluso podría ser necesario reducir sus raciones. Sin embargo, los planes ya estaban preparados, hasta el último detalle. Un comité especial de cerdos había estado trabajando en ellos durante las últimas tres semanas. Se esperaba que la construcción del molino de viento, junto con varias otras mejoras, llevara dos años.

Esa noche, Squealer explicó en privado a los demás animales que Napoleón nunca había estado realmente en contra del molino de viento. Al contrario, fue él quien lo había defendido desde el principio, y el plano que Snowball había dibujado en el suelo del cobertizo de incubadoras, en realidad, había sido robado de entre los papeles de Napoleón. El molino de viento era, de hecho, creación del propio Napoleón. ¿Por qué, entonces, preguntó alguien, había hablado tan enérgicamente en su contra? Aquí Squealer lanzó una mirada maliciosa. En eso, dijo, consistía la astucia del Camarada Napoleón. Había parecido oponerse al molino de viento, simplemente como una maniobra para deshacerse de Snowball, quien era un personaje peligroso y una mala influencia.

Ahora que Snowball estaba fuera del camino, el plan podría avanzar sin su interferencia. Esto, dijo Squealer, era algo llamado táctica. Repitió varias veces: «¡Táctica, camaradas, táctica!», saltando y moviendo su cola con una alegre risa. Los animales no estaban seguros de lo que significaba la palabra, pero Squealer hablaba tan persuasivamente, y los tres perros que casualmente estaban con él gruñían de manera tan amenazante, que aceptaron su explicación sin más preguntas.

VI

Durante todo ese año, los animales trabajaron como esclavos. Pero eran felices en su trabajo; no escatimaban esfuerzo ni sacrificio, plenamente conscientes de que todo lo que hacían era en beneficio de ellos mismos y de aquellos de su especie que vendrían después de ellos, y no para un grupo de seres humanos ociosos y ladrones.

Durante toda la primavera y el verano trabajaron setenta horas semanales, y en agosto Napoleón anunció que también habría trabajo los domingos por la tarde. Este trabajo era estrictamente voluntario, pero cualquier animal que se ausentara vería reducidas sus raciones a la mitad. Aun así, se vio necesario dejar ciertas tareas sin hacer. La cosecha fue un poco menos exitosa que el año anterior, y dos campos que deberían haberse sembrado a principios del verano no fueron sembrados porque la labranza no se había completado a tiempo. Se podía prever que el próximo invierno sería difícil.

La construcción del molino de viento presentó dificultades inesperadas. Había una buena cantera de piedra caliza en la granja, y se había encontrado arena y cemento en uno de los cobertizos, por lo que todos los materiales para la construcción estaban disponibles. Pero el problema que los animales no pudieron resolver al principio era cómo romper la piedra en trozos de tamaño adecuado. No parecía haber manera de hacerlo, excepto con picos y palancas, que ningún animal podía usar, ya que ninguno podía erguirse sobre sus patas traseras.

Sólo después de semanas de esfuerzos infructuosos se le ocurrió a alguien la idea correcta: a saber, utilizar la fuerza de la gravedad. Enormes rocas, demasiado grandes para ser utilizadas tal como estaban, yacían por todo el lecho de la cantera. Los animales ataron cuerdas alrededor de éstas, y luego todos juntos, vacas, caballos, ovejas, cualquier animal que pudiera agarrar la cuerda, incluso los cerdos a veces se unían en momentos críticos, las arrastraban con desesperante lentitud cuesta arriba hasta la cima de la cantera, donde las empujaban por el borde para que se hicieran añicos abajo. Transportar la piedra una vez rota era relativamente sencillo. Los caballos la llevaban en carros, las ovejas arrastraban bloques individuales, incluso Muriel y Benjamin se unían a un viejo carro de institutriz y hacían su parte. A finales del verano, se había acumulado suficiente piedra, y entonces comenzó la construcción, bajo la supervisión de los cerdos.

Pero fue un proceso lento y laborioso. Con frecuencia tomaba todo un día de agotador esfuerzo arrastrar un solo bloque hasta la cima de la cantera y, a veces, cuando se empujaba por el borde, no se rompía. Nada podría haberse logrado sin Boxer, cuya fuerza parecía igual a la de todos los demás animales juntos. Cuando la roca comenzaba a deslizarse y los animales gritaban desesperados al verse arrastrados cuesta abajo, siempre era Boxer quien se tensaba contra la cuerda y lograba detener la roca. Verlo esforzarse colina arriba centímetro a centímetro, con la respiración agitada, las puntas de sus pezuñas arañando el suelo y sus grandes costados empapados de sudor, llenaba a todos de admiración. Clover a veces le advertía que tuviera cuidado de no esforzarse demasiado, pero Boxer nunca la escuchaba. Sus dos lemas, «Trabajaré más duro» y «Napoleón siempre tiene la razón», le parecían una respuesta suficiente a todos los problemas. Había hecho arreglos con el gallo para que lo despertara tres cuartos de hora antes por las mañanas en lugar de media hora. Y en sus momentos libres, que no eran muchos en esos días, iba solo a la cantera, recogía una carga de piedra rota y la arrastraba hasta el sitio del molino sin ayuda.

Los animales no estaban tan mal durante ese verano, a pesar de la dureza de su trabajo. Si no tenían más comida que en la época de Jones, al menos no tenían menos. La ventaja de tener que alimentarse sólo a sí mismos, y no tener que mantener a cinco seres humanos derrochadores, era tan grande que se necesitarían muchos fracasos para contrarrestarla. Y en muchos aspectos, el método animal de hacer las cosas era más eficiente y ahorraba trabajo. Tareas como desherbar, por ejemplo, podían hacerse con una minuciosidad imposible para los seres humanos. Y además, como ningún animal robaba ahora, no era necesario cercar los pastos del terreno cultivable, lo cual ahorraba mucho trabajo en el mantenimiento de setos y puertas. No obstante, a medida que avanzaba el verano, comenzaron a sentirse varias carencias imprevistas. Se necesitaba aceite de parafina, clavos, cuerda, galletas para perros y hierro para las herraduras de los caballos, ninguno de los cuales se podía producir en la granja. Más tarde también se necesitarían semillas y fertilizantes artificiales, además de varias herramientas y, finalmente, la maquinaria para el molino de viento. Nadie podía imaginar cómo se obtendrían.

Una mañana de domingo, cuando los animales se reunieron para recibir sus órdenes, Napoleón anunció que había decidido una nueva política. De ahora en adelante, la Granja Animal comerciaría con las granjas vecinas: no, por supuesto, con ningún propósito comercial, sino simplemente para obtener ciertos materiales que se necesitaban urgentemente. Las necesidades del molino de viento debían prevalecer sobre todo lo demás, dijo.

Por lo tanto, estaba haciendo arreglos para vender un montón de heno y parte de la cosecha de trigo del año en curso, y más adelante, si se necesitaba más dinero, se tendría que completar con la venta de huevos, para los cuales siempre había un mercado en Willingdon. Las gallinas, dijo Napoleón, deberían recibir con agrado este sacrificio como su propia contribución especial a la construcción del molino de viento.

Una vez más, los animales fueron conscientes de una vaga inquietud. Nunca tener tratos con seres humanos, nunca participar en el comercio, nunca usar dinero, ¿no habían sido éstas algunas de las primeras resoluciones aprobadas en esa primera reunión triunfal después de la expulsión de Jones? Todos los animales recordaban haber aprobado tales resoluciones, o al menos creían recordarlo. Los cuatro cerdos jóvenes que habían protestado cuando Napoleón abolió las reuniones alzaron sus voces tímidamente, pero fueron rápidamente silenciados por un tremendo gruñido de los perros. Luego, como de costumbre, las ovejas comenzaron a balar

«¡Cuatro patas bien, dos patas mal!», y la momentánea incomodidad se desvaneció.

Finalmente, Napoleón levantó su pezuña para pedir silencio y anunció que ya había hecho todos los arreglos. No habría necesidad de que ninguno de los animales tuviera contacto con seres humanos, lo cual claramente sería muy indeseable. Tenía la intención de asumir toda la carga sobre sus propios hombros. Un tal Sr. Whymper, un abogado que vivía en Willingdon, había aceptado actuar como intermediario entre la Granja Animal y el mundo exterior, y visitaría la granja cada lunes por la mañana para recibir sus instrucciones. Napoleón terminó su discurso con su habitual grito de «¡Viva la Granja Animal!» y, después de cantar *Bestias de Inglaterra*, los animales se dispersaron.

Después, Squealer hizo una ronda por la granja y tranquilizó las mentes de los animales. Les aseguró que la resolución en contra de participar en el comercio y usar dinero nunca se había aprobado, ni siquiera sugerido.

Era pura imaginación, probablemente originada en las mentiras difundidas por Snowball. Algunos animales aún se sentían vagamente dudosos, pero Squealer les preguntó astutamente: «¿Estáis seguros de que esto no es algo que habéis soñado, camaradas? ¿Tenéis algún registro de tal resolución? ¿Está escrito en algún lugar?». Y, dado que ciertamente era verdad que nada de ese estilo constaba por escrito, los animales se convencieron de que se habían equivocado.

Cada lunes, como se había acordado, el Sr. Whymper visitaba la granja. Era un hombrecito de aspecto astuto con patillas, un abogado con un negocio muy pequeño, pero lo suficientemente listo como para darse cuenta antes que nadie de que la Granja Animal necesitaría un intermediario y que las comisiones valdrían la pena. Los animales observaban su llegada y partida con una especie de temor y lo evitaban tanto como les era posible. Sin embargo, la visión de Napoleón, a cuatro patas, dando órdenes a Whymper, que estaba de pie sobre dos piernas, despertaba su orgullo y en parte los reconciliaba con el nuevo arreglo.

Sus relaciones con la raza humana ya no eran del todo igual que antes. Los seres humanos no odiaban menos a la Granja Animal ahora que prosperaba; de hecho, la odiaban más que nunca. Cada ser humano sostenía como un artículo de fe que la granja iría a la bancarrota tarde o temprano y, sobre todo, que el molino de viento sería un fracaso. Se reunían en las tabernas y se demostraban mutuamente, mediante diagramas, que el molino de viento estaba destinado a derrumbarse o que, si se mantenía en pie, nunca funcionaría. Y, sin embargo, contra su voluntad, habían desarrollado un cierto respeto por la eficiencia con la que los animales manejaban sus propios asuntos. Un síntoma de esto fue que habían comenzado a llamar a la Granja Animal por su nombre correcto y dejaron de fingir que se llamaba la Granja Manor. También habían dejado de apoyar a Jones, quien había perdido la esperanza de recuperar su granja y se había ido a vivir a otra parte del condado. Excepto a través de Whymper, aún no había contacto entre la Granja Animal y el mundo exterior, pero había constantes rumores de que Napoleón estaba a punto de cerrar un acuerdo comercial definitivo, ya fuera con el Sr. Pilkington de Foxwood o con el Sr. Frederick de Pinchfield, pero nunca, con ambos a la vez.

Fue aproximadamente en esa época cuando los cerdos se mudaron repentinamente a la casa de campo y establecieron su residencia allí. Una vez más, los animales parecían recordar que se había aprobado una resolución en contra de esto en los primeros días, y nuevamente Squealer fue capaz de convencerlos de que no era el caso. Era absolutamente necesario, dijo, que los cerdos, que eran el cerebro de la granja, tuvieran un lugar tranquilo para trabajar. También era más acorde con la dignidad del Líder (pues últimamente había comenzado a referirse a Napoleón bajo el título de «Líder») vivir en una casa que en una simple pocilga. Sin embargo, algunos animales se inquietaron al escuchar que los cerdos no sólo tomaban sus comidas en la cocina y usaban la sala como zona de recreo, sino que también dormían en las camas. Boxer lo dejó pasar, como de costumbre, diciendo «¡Napoleón siempre tiene la razón!», pero Clover, que pensaba recordar una regla específica en contra de las camas, fue al final del granero e intentó descifrar los Siete Mandamientos que estaban inscritos allí. Al no poder leer más que letras sueltas, fue a buscar a Muriel.

—Muriel –dijo–, léeme el Cuarto Mandamiento. ¿No dice algo sobre nunca dormir en una cama?

Con cierta dificultad, Muriel lo deletreó.

—Dice: «Ningún animal dormirá en una cama con sábanas», anunció finalmente.

Curiosamente, Clover no recordaba que el Cuarto Mandamiento mencionara sábanas; pero como estaba allí en la pared, debía haberlo hecho. Y Squealer, que casualmente pasaba en ese momento, acompañado de dos o tres perros, fue capaz de poner todo el asunto en su debida perspectiva.

—Entonces habéis escuchado, camaradas –dijo–, que nosotros los cerdos ahora dormimos en las camas de la casa de campo. ¿Y por qué no? Seguramente, no suponíais que hubiera alguna vez una regla en contra de las camas. Una cama sólo significa un lugar para dormir. Una pila de paja en un establo es una cama, bien considerada. La regla era en contra de las sábanas, que son un invento humano. Hemos quitado las sábanas de las camas de la casa de campo y dormimos entre mantas. ¡Y las camas son muy cómodas, también! Pero no más cómodas de lo que necesitamos, puedo deciros, camaradas, con todo el trabajo intelectual que debemos hacer hoy en día. No nos privaréis de nuestro descanso, ¿verdad, camaradas? No querréis que estemos demasiado cansados para cumplir con nuestros deberes. Seguramente, ninguno de vosotros desea ver a Jones de vuelta, ¿verdad?

Los animales lo tranquilizaron de inmediato en este punto, y no se volvió a hablar de los cerdos durmiendo en las camas de la casa de campo. Y cuando, algunos días después, se anunció que de entonces en adelante los cerdos se levantarían una hora más tarde por las mañanas que los otros animales, tampoco hubo ninguna queja al respecto.

Para el otoño, los animales estaban cansados pero felices. Habían tenido un año difícil, y después de la venta de parte del heno y el maíz, las reservas de alimentos para el invierno no eran muy abundantes, pero el molino de viento lo compensaba todo. Estaba casi a medio construir. Después de la cosecha hubo un período de tiempo seco y despejado, y los animales trabajaron más duro que nunca, pensando que valía la pena caminar de un lado a otro todo el día con bloques de piedra si al hacerlo podían elevar las paredes un metro más. Boxer incluso salía por las noches y trabajaba una o dos horas solo bajo la luz de la Luna. En sus momentos libres, los animales caminaban alrededor del molino a medio terminar, admirando la solidez y la perpendicularidad de sus paredes y maravillándose de que alguna vez hubieran sido capaces de construir algo tan imponente. Sólo el viejo Benjamin se negaba a entusiasmarse con el molino de viento, aunque, como de costumbre, no decía nada más allá de la críptica observación de que los burros viven mucho tiempo.

Noviembre llegó con furiosos vientos del suroeste. La construcción tuvo que detenerse porque entonces estaba demasiado húmedo para mezclar el cemento. Finalmente, llegó una noche en la que el vendaval fue tan violento que los edificios de la granja se sacudieron en sus cimientos y varias tejas volaron del techo del granero. Las gallinas se despertaron cacareando de terror porque todas habían soñado simultáneamente que escuchaban un disparo a lo lejos. Por la mañana, los animales salieron de sus establos para encontrar que el asta de la bandera había sido derribada y un olmo al pie del huerto había sido arrancado como un rábano. Apenas habían notado esto cuando un grito de desesperación surgió de la garganta de cada uno de los animales. Una visión terrible se presentaba ante sus ojos. El molino de viento estaba en ruinas.

Al unísono corrieron hacia el lugar. Napoleón, que rara vez se movía más rápido que un paso, corrió delante de todos. Sí, allí yacía, el fruto de todas sus luchas, nivelado hasta sus cimientos, las piedras que habían roto y llevado con tanto esfuerzo esparcidas por todos lados. Incapaces de hablar, al principio, se quedaron mirando con tristeza el desorden de piedras caídas. Napoleón paseaba de un lado a otro en silencio, olfateando ocasionalmente el suelo. Su cola se había vuelto rígida y se agitaba bruscamente de un lado a otro, un signo en él de intensa actividad mental. De repente, se detuvo como si hubiera tomado una decisión.

—Camaradas –dijo en voz baja–, ¿sabéis quién es el responsable de esto? ¿Sabéis quién es el enemigo que ha venido en la noche y ha destruido nuestro molino de viento? ¡SNOWBALL! –rugió de repente con una voz de trueno. ¡Snowball ha hecho esto! Por pura maldad, pensando en retrasar nuestros planes y vengarse de su ignominiosa expulsión, ese traidor se ha arrastrado aquí bajo la cobertura de la noche y ha destruido nuestro trabajo de casi un año. Camaradas, aquí y ahora pronuncio la sentencia de muerte contra Snowball. «Héroe Animal, Segunda Clase», y medio celemín de manzanas para cualquier animal que lo lleve ante la justicia. ¡Un celemín completo para quien lo capture vivo!

Los animales quedaron más que impactados al saber que incluso Snowball podría ser culpable de tal acción. Hubo un grito de indignación, y todos comenzaron a pensar en maneras de atraparlo si alguna vez regresaba. Casi de inmediato se descubrieron huellas de un cerdo en la hierba a poca distancia de la colina. Sólo pudieron seguirlas unos pocos metros, pero parecían llevar a un agujero en el seto. Napoleón olfateó profundamente las huellas y las declaró como pertenecientes a Snowball. Opinó que probablemente Snowball había venido desde la dirección de la Granja Foxwood.

—¡No más retrasos, camaradas! –gritó Napoleón cuando se examinaron las huellas–. Hay trabajo que hacer. Esta misma mañana comenzamos a reconstruir el molino de viento, y trabajaremos durante todo el invierno, llueva o truene. Le enseñaremos a ese miserable traidor que no puede deshacer nuestra obra tan fácilmente. Recordad, camaradas, no debe haber ninguna alteración en nuestros planes: se llevarán a cabo al pie de la letra. ¡Adelante, camaradas! ¡Viva el molino de viento! ¡Viva la Granja Animal!

VII

Fue un invierno amargo. El tiempo tormentoso fue seguido por aguanieve y nieve, y luego por una fuerte helada que no acabó hasta bien entrado febrero. Los animales continuaron lo mejor que pudieron con la reconstrucción del molino, bien conscientes de que el mundo los estaba observando y de que los envidiosos seres humanos se regocijarían y triunfarían si no se terminaba a tiempo.

Por despecho, los seres humanos fingieron no creer que había sido Snowball quien lo había destruido: decían que se había derrumbado porque las paredes eran demasiado delgadas. Los animales sabían que no era así. Sin embargo, decidieron construir las paredes de tres pies de grosor esta vez en lugar de dieciocho pulgadas como antes, lo que significaba recolectar cantidades mucho mayores de piedra. Durante mucho tiempo, hubo mucha ventisca en la cantera y no se pudo hacer nada. Se avanzó algo en el clima seco y helado que siguió, pero era un trabajo cruel, y los animales no podían sentirse tan esperanzados al respecto como antes. Siempre tenían frío, y generalmente también hambre. Sólo Boxer y Clover no perdían el ánimo. Squealer daba excelentes discursos sobre la alegría del servicio y la dignidad del trabajo, pero los otros animales encontraban más inspiración en la fuerza de Boxer y su inquebrantable grito de «¡Trabajaré más duro!».

En enero, la comida escaseó. La ración de maíz se redujo drásticamente, y se anunció que se emitiría una ración extra de patatas para compensar. Luego, se descubrió que la mayor parte de la cosecha de patatas se había helado en las pilas, que no se habían cubierto lo suficientemente bien. Las patatas se habían ablandado y decolorado, y sólo unas pocas eran comestibles. Durante días, los animales no tuvieron nada para comer excepto paja y remolacha. La hambruna parecía mirarlos de frente.

Era vital ocultar este hecho al mundo exterior. Envalentonados por el colapso del molino de viento, los seres humanos inventaban nuevas mentiras sobre la Granja Animal. Una vez más, se difundía que todos los animales morían de hambre y enfermedades, y que constantemente peleaban entre ellos y habían recurrido al canibalismo y al infanticidio. Napoleón era muy consciente de los malos resultados que podrían seguir si se conocían los verdaderos hechos sobre la situación alimentaria, y decidió utilizar al Sr. Whymper para difundir una impresión contraria. Hasta entonces, los animales habían tenido poco o ningún contacto con Whymper en sus visitas semanales; ahora, sin embargo, se instruyó a algunos animales seleccionados, en su mayoría ovejas, para que comentaran casualmente en su presencia que las raciones habían aumentado. Además, Napoleón ordenó que los contenedores casi vacíos en el almacén se llenaran casi hasta el borde con arena, que luego se cubrió con lo que quedaba de grano y harina. Con algún pretexto adecuado, se llevó a Whymper a través del almacén y se le permitió echar un vistazo a los contenedores. Así fue engañado, y continuó informando al mundo exterior de que no había escasez de alimentos en la Granja Animal.

Sin embargo, hacia finales de enero se hizo evidente que sería necesario obtener más grano de algún lugar. En esos días, Napoleón rara vez aparecía en público, sino que pasaba todo su tiempo en la casa de campo, custodiada en cada puerta por perros de aspecto feroz. Cuando salía, lo hacía de manera ceremonial, con una escolta de seis perros que lo rodeaban de cerca y gruñían si alguien se acercaba demasiado. Con frecuencia, ni siquiera aparecía los domingos por la mañana, sino que daba sus órdenes a través de uno de los otros cerdos, generalmente Squealer.

Una mañana de domingo, Squealer anunció que las gallinas, que acababan de volver a poner, debían entregar sus huevos. Napoleón había aceptado, a través de Whymper, un contrato para cuatrocientas huevos a la semana. Con el precio de éstos se obtendría suficiente grano y harina para mantener la granja hasta que llegara el verano y las condiciones fueran más fáciles.

Cuando las gallinas escucharon esto, armaron un terrible alboroto. Ya se les había advertido de que este sacrificio podría ser necesario, pero no creían que realmente llegara a suceder. Estaban preparándose para la puesta de primavera, y protestaron diciendo que quitarles los huevos ahora era un asesinato. Por primera vez desde la expulsión de Jones, hubo algo parecido a una rebelión.

Lideradas por tres jóvenes pollitas Black Minorca, las gallinas hicieron un esfuerzo decidido para frustrar los deseos de Napoleón. Su método era volar hasta las vigas y allí poner sus huevos, que se rompían en pedazos en el suelo. Napoleón actuó con rapidez y sin piedad. Ordenó que se detuvieran las raciones de las gallinas y decretó que cualquier animal que diera aunque fuera un grano de maíz a una gallina sería castigado con la muerte. Los perros se encargaron de que estas órdenes se cumplieran. Durante cinco días las gallinas resistieron, luego capitularon y volvieron a sus nidos. Nueve gallinas murieron mientras tanto. Sus cuerpos fueron enterrados en el huerto, y se informó de que habían muerto de coccidiosis. Whymper no supo nada del asunto, y los huevos se entregaron debidamente, con una furgoneta de comestibles que llegaba a la granja una vez a la semana para llevárselos.

Durante todo ese tiempo, no se había vuelto a ver a Snowball. Se rumoreaba que se escondía en una de las granjas vecinas, ya fuera Foxwood o Pinchfield. Para entonces, las relaciones de Napoleón con los otros granjeros habían mejorado algo. Sucedió que había en el patio una pila de madera que había sido apilada allí diez años antes cuando se despejó un bosquecillo de hayas. Estaba bien seca, y Whymper aconsejó a Napoleón que la vendiera; tanto el Sr. Pilkington como el Sr. Frederick estaban ansiosos por comprarla. Napoleón dudaba entre los dos, incapaz de decidirse. Se notó que, siempre que parecía a punto de llegar a un acuerdo con Frederick, se decía que Snowball estaba escondido en Foxwood, mientras que, cuando se inclinaba hacia Pilkington, se decía que Snowball estaba en Pinchfield.

De repente, a principios de la primavera, se descubrió algo alarmante. ¡Snowball frecuentaba la granja en secreto durante la noche! Los animales estaban tan perturbados que apenas podían dormir en sus establos. Se decía que cada noche se deslizaba bajo la cobertura de la oscuridad y causaba todo tipo de travesuras. Robaba el maíz, volcaba los cubos de leche, rompía los huevos, pisoteaba los semilleros, roía la corteza de los árboles frutales. Siempre que algo salía mal, era habitual atribuírselo a él. Si una ventana se rompía o un desagüe se atascaba, alguien estaba seguro de decir que Snowball había venido durante la noche y lo había hecho, y cuando se perdió la llave del almacén, toda la granja estaba convencida de que había sido él quien la había arrojado al pozo. Curiosamente, siguieron creyendo esto incluso después de que la llave extraviada se encontrara bajo un saco de harina. Las vacas declararon unánimemente que se arrastraba hasta sus establos y las ordeñaba mientras dormían. Se decía también que las ratas, que se habían mostrado problemáticas ese invierno, se habían aliado con él.

Napoleón decretó que debía realizarse una investigación completa sobre las actividades de Snowball. Con sus perros, salió e hizo un recorrido cuidadoso de inspección por los edificios de la granja, seguido a una distancia respetuosa por los otros animales. Cada pocos pasos, Napoleón se detenía y olfateaba el suelo en busca de huellas de Snowball, que, decía, podía detectar por el olor.

Husmeaba en cada rincón, en el granero, en el establo de las vacas, en los gallineros, en el huerto, y encontraba rastros de Snowball casi en todas partes. Ponía su hocico en el suelo, hacía profundas inhalaciones y exclamaba con una voz terrible:

—¡Snowball! ¡Ha estado aquí! ¡Lo huelo claramente!

Y al oír la palabra «Snowball», todos los perros soltaban gruñidos estremecedores y mostraban los colmillos. Los animales estaban muy asustados. Les parecía como si Snowball fuera algún tipo de influencia invisible, que impregnaba el aire a su alrededor y los amenazaba con todo tipo de peligros. Por la noche, Squealer los reunió y, con una expresión alarmada en su rostro, les dijo que tenía noticias serias sobre las que informar.

—¡Camaradas! –gritó Squealer, dando pequeños saltos nerviosos–, se ha descubierto algo terrible. ¡Snowball se ha vendido a Frederick de la Granja Pinchfield, quien ahora mismo planea atacarnos y quitarnos nuestra granja! Snowball actuará como su guía cuando comience el ataque. Pero todavía hay algo peor. Pensábamos que la rebelión de Snowball fue causada simplemente por su vanidad y ambición. Pero estábamos equivocados, camaradas. ¿Sabéis cuál ha sido la verdadera razón? ¡Snowball estaba aliado con Jones desde el principio! Fue su agente secreto durante todo el tiempo. Esto ha sido probado por documentos que dejó atrás y que acabamos de descubrir.

En mi opinión, esta situación explica muchas cosas, camaradas. ¿No vimos por nosotros mismos cómo intentó, afortunadamente sin éxito, derrotarnos y destruirnos en la Batalla del Establo de las Vacas?

Los animales lo escuchaban estupefactos. Aquella era una maldad que superaba con creces la destrucción del molino de viento por parte de Snowball. Pero pasaron algunos minutos antes de que pudieran asimilarlo por completo. Todos recordaban, o creían recordar, cómo lo habían visto cargando al frente en la Batalla del Establo de las Vacas, cómo los había animado y alentado en cada giro, y cómo no se había detenido ni un instante, incluso cuando los perdigones del arma de Jones habían herido su espalda. Al principio, resultaba un poco difícil ver cómo encajaba esto con el hecho de que estaba del lado de Jones. Incluso Boxer, que rara vez hacía preguntas, parecía desconcertado. Se acostó, metió sus patas delanteras bajo su cuerpo, cerró los ojos y, con un gran esfuerzo, logró formular sus pensamientos.

—No lo creo –dijo–. Snowball luchó valientemente en la Batalla del Establo de las Vacas. Lo vi yo mismo. ¿Acaso no le otorgamos «Héroe Animal, Primera Clase», inmediatamente después?

—Ése fue nuestro error, camarada. Porque ahora sabemos, está todo escrito en los documentos secretos que hemos encontrado, que en realidad estaba tratando de llevarnos a nuestra perdición.

—Pero resultó herido –dijo Boxer–. Todos lo vimos correr lleno de sangre.

—¡Eso era parte del arreglo! –gritó Squealer–. El disparo de Jones sólo lo rozó. Podría mostrártelo en su propia letra, si fueras capaz de leerlo. El plan era que Snowball, en el momento crítico, diera la señal de huida y dejara el campo al enemigo. Y casi lo logró. Incluso diré, camaradas, que habría tenido éxito si no hubiera sido por nuestro heroico Líder, el Camarada Napoleón. ¿No recordáis cómo, justo en el momento en que Jones y sus hombres entraron en el patio, Snowball de repente se volvió y huyó, y muchos animales lo siguieron?

»¿Y no recordáis también que fue, justo en ese momento, cuando el pánico se extendía y todo parecía perdido, que el Camarada Napoleón saltó hacia adelante con el grito de «¡Muerte a la Humanidad!», y hundió sus dientes en la pierna de Jones? ¿Seguro que lo recordáis, camaradas? –exclamó Squealer, moviéndose de un lado a otro.

Ahora, cuando Squealer describía la escena de manera tan gráfica, a los animales les parecía que sí lo recordaban. En cualquier caso, recordaban que en el momento crítico de la batalla Snowball se había vuelto para huir. Pero Boxer seguía un poco inquieto.

—No creo que Snowball fuera un traidor al principio –dijo finalmente–. Lo que ha hecho desde entonces es diferente. Pero creo que en la Batalla del Establo de las Vacas fue un buen camarada.

—Nuestro Líder, el Camarada Napoleón –anunció Squealer, hablando muy lentamente y con firmeza–, ha declarado categóricamente, camarada, que Snowball fue el agente de Jones desde el principio, sí, y desde mucho antes de que se pensara en la Rebelión.

—Ah, eso es diferente –dijo Boxer–. Si el Camarada Napoleón lo dice, debe ser cierto.

—¡Ése es el verdadero espíritu, camarada! –exclamó Squealer, pero se notó que dirigió a Boxer una mirada muy fea con sus pequeños ojos brillantes.

Se volvió para irse, luego se detuvo y añadió de manera imponente:

—Os advierto que debéis mantener los ojos muy abiertos. ¡Tenemos razones para pensar que algunos de los agentes secretos de Snowball se esconden entre nosotros en este mismo momento!

Cuatro días después, al atardecer, Napoleón convocó a todos los animales en asamblea en el patio. Cuando estuvieron reunidos, Napoleón salió de la casa de campo, llevando sus dos medallas (pues recientemente se había otorgado a sí mismo las de «Héroe Animal, Primera Clase» y «Héroe Animal, Segunda Clase»), con sus nueve enormes perros saltando a su alrededor y emitiendo gruñidos que helaban la sangre de los presentes. Todos se encogieron en silencio en sus lugares, pareciendo saber de antemano que algo terrible estaba a punto de suceder.

Napoleón se quedó de pie, observando severamente a su audiencia; luego emitió un gemido agudo. De inmediato, los perros se lanzaron hacia delante, agarraron a cuatro de los cerdos por las orejas y los arrastraron, chillando de dolor y terror, hasta los pies de Napoleón. Las orejas de los cerdos sangraban, los perros habían probado la sangre y, por unos momentos, parecieron volverse completamente locos. Para asombro de todos, tres de ellos se lanzaron sobre Boxer. Éste los vio venir y extendió su gran pezuña, atrapó a un perro en el aire y lo inmovilizó contra el suelo. El perro gritó pidiendo clemencia y los otros dos huyeron con la cola entre las patas. Boxer miró a Napoleón para saber si debía aplastar al perro hasta matarlo o soltarlo. Napoleón pareció cambiar de semblante y ordenó bruscamente a Boxer que soltara al perro, tras lo cual Boxer levantó su pezuña y el perro se escabulló, magullado y aullando.

Poco a poco, el tumulto se calmó. Los cuatro cerdos esperaban, temblando, con la culpa escrita en cada línea de sus rostros. Entonces, Napoleón les pidió que confesaran sus crímenes. Eran los mismos cuatro cerdos que habían protestado cuando Napoleón abolió las reuniones de los domingos. Sin más indicaciones, confesaron que habían estado en contacto secreto con Snowball desde su expulsión, que habían colaborado con él en la destrucción del molino de viento y que habían llegado a un acuerdo con él para entregar la Granja

Animal al Sr. Frederick. Añadieron que Snowball les había confesado que había sido el agente secreto de Jones durante años. Cuando terminaron su confesión, los perros les arrancaron la garganta de inmediato, y con una voz terrible, Napoleón preguntó si algún otro animal tenía algo que confesar.

Las tres gallinas que habían sido las cabecillas en el intento de rebelión por los huevos se adelantaron y declararon que Snowball se les había aparecido en un sueño e incitado a desobedecer las órdenes de Napoleón. Ellas también fueron sacrificadas. Luego, un ganso dio un paso al frente y confesó haber escondido seis mazorcas de maíz durante la cosecha del año anterior y habérselas comido en la noche.

Después, una oveja confesó haber orinado en el abrevadero, instigada por Snowball, y otras dos confesaron haber asesinado a un viejo carnero, un seguidor especialmente devoto de Napoleón, persiguiéndolo alrededor de una hoguera cuando estaba enfermo y tosía. Todos ellos fueron ejecutados en el acto. Y así continuó la historia de confesiones y ejecuciones, hasta que hubo un montón de cadáveres ante los pies de Napoleón y el aire se llenó del olor a sangre, algo desconocido allí desde la expulsión de Jones.

Cuando todo terminó, los animales, excepto los cerdos y los perros, se alejaron en grupo. Estaban conmocionados y se sentían miserables. No sabían qué era más impactante: la traición de los aliados con Snowball o el cruel espectáculo que acababan de presenciar. En los viejos tiempos a menudo había escenas de derramamiento de sangre igualmente terribles, pero a todos les parecía que aquello había sido mucho peor, ya que había ocurrido entre ellos mismos. Desde que Jones había dejado la granja, hasta ese día, ningún animal había matado a otro. Ni siquiera a las ratas muerta.

Se dirigieron a la pequeña colina donde se encontraba el molino de viento a medio construir, y al unísono se echaron al suelo como si se abrazaran para darse calor –Clover, Muriel, Benjamin, las vacas, las ovejas y todo un rebaño de gansos y gallinas–, todos, en realidad, excepto el gato, que había desaparecido repentinamente justo antes de que Napoleón ordenara a los animales que se reunieran. Durante un tiempo, nadie habló. Sólo Boxer permaneció de pie.

Se movía inquieto de un lado a otro, agitando su larga cola negra contra sus flancos y soltando ocasionalmente un pequeño relincho de sorpresa. Al fin, dijo:

—No lo entiendo. No habría creído que tales cosas pudieran suceder en nuestra granja. Debe ser debido a alguna falla en nosotros mismos. La solución, como yo la veo, es trabajar más duro. A partir de ahora, me levantaré una hora más temprano.

Y se alejó con su pesado trote y se dirigió a la cantera. Al llegar allí, recogió dos cargas sucesivas de piedra y las arrastró hasta el molino de viento antes de retirarse por la noche.

Los animales se acurrucaron alrededor de Clover, sin hablar. La colina donde estaban acostados les ofrecía una amplia vista del campo. Casi toda la Granja Animal estaba a la vista: el largo pastizal que se extendía hasta el camino principal, el campo de heno, el bosquecillo, el abrevadero, los campos arados donde el joven trigo era espeso y verde, y los techos rojos de los edificios de la granja con el humo saliendo de las chimeneas. Era una clara tarde de primavera. La hierba y los setos en flor estaban dorados por los rayos bajos del Sol. Nunca la granja –y con una especie de sorpresa recordaron que era su propia granja, cada centímetro de ella era de su propiedad– les había parecido un lugar tan deseable.

Mientras Clover miraba hacia la ladera, sus ojos se llenaron de lágrimas. Si hubiera podido expresar sus pensamientos, habría dicho que esto no era lo que pretendían cuando se propusieron años atrás trabajar por el derrocamiento de la raza humana. Esas escenas de terror y matanza no eran lo que esperaban en aquella noche en que el viejo Major los incitó a la rebelión. Si ella misma hubiera tenido alguna imagen del futuro, habría sido la de una sociedad de animales libres del hambre y del látigo, todos iguales, cada uno trabajando según su capacidad, los fuertes protegiendo a los débiles, como ella había protegido la camada perdida de patitos con su pata delantera en la noche del discurso de Major.

En cambio –no sabía por qué– habían llegado a un tiempo en el que nadie se atrevía a expresar su opinión, en el que feroces perros gruñones deambulaban por todas partes, y en el que uno debía presenciar cómo sus compañeros eran despedazados después de confesar crímenes atroces. No había en su mente ningún pensamiento de rebelión o desobediencia.

Sabía que, incluso tal como estaban las cosas, ellos se encontraban mucho mejor de lo que habían estado en los días de Jones, y que, ante todo, era necesario evitar el regreso de los seres humanos. Pasara lo que pasara, seguiría siendo fiel, trabajaría duro, cumpliría las órdenes que se le dieran y aceptaría el liderazgo de Napoleón. Pero aun así, no era para esto que ella y todos los demás animales habían esperado y trabajado. No era para esto que habían construido el molino de viento y enfrentado las balas del arma de Jones. Tales eran sus pensamientos, aunque le faltaban las palabras para expresarlos.

Finalmente, sintiendo que esto de alguna manera sustituía las palabras que no podía encontrar, comenzó a cantar *Bestias de Inglaterra*. Los otros animales sentados a su alrededor la siguieron, y la cantaron tres veces, muy armoniosamente, pero lenta y tristemente, de una manera en la que nunca la habían cantado antes.

Apenas habían terminado de cantarla por tercera vez cuando Squealer, acompañado por dos perros, se acercó con el aire de tener algo importante que decir. Anunció que, por un decreto especial del Camarada Napoleón, *Bestias de Inglaterra* había sido abolida. A partir de ahora estaba prohibido cantarla.

Los animales se quedaron desconcertados.

—¿Por qué? –gritó Muriel.

—Ya no es necesario, camarada –dijo Squealer rígidamente–. *Bestias de Inglaterra* era la canción de la Rebelión. Pero ésta ya se ha completado. La ejecución de los traidores esta tarde ha sido el acto final. El enemigo, tanto externo como interno, ha sido derrotado. En *Bestias de Inglaterra* expresábamos nuestro anhelo de una mejor sociedad en los días por venir. Pero esa sociedad ya se ha establecido. Claramente, esta canción ya no tiene ningún propósito.

Aunque estaban asustados, algunos de los animales posiblemente podrían haber protestado, pero en ese momento las ovejas comenzaron a balar su acostumbrado «¡Cuatro patas bien, dos patas mal!», lo cual continuó durante varios minutos y puso fin a la discusión.

Así que *Bestias de Inglaterra* no se escuchó más. En su lugar, Minimus, el poeta, había compuesto otra canción que comenzaba:

Granja Animal, Granja Animal,
¡nunca a través de mí sufrirás mal!

Y ésta se cantaba cada domingo por la mañana después de izar la bandera. Pero, de alguna manera, a los animales les parecía que ni las palabras ni la melodía estaban a la altura de *Bestias de Inglaterra*.

VIII

Unos días después, cuando el terror causado por las ejecuciones se había calmado, algunos de los animales recordaron, o creyeron recordar, que el Sexto Mandamiento decía: «Ningún animal matará a otro animal». Y aunque nadie se atrevía a mencionarlo en presencia de los cerdos o los perros, se sentía que las muertes que habían tenido lugar no concordaban con esto. Clover pidió a Benjamin que le leyera el Sexto Mandamiento, y cuando éste, como de costumbre, dijo que se negaba a inmiscuirse en tales asuntos, fue a buscar a Muriel. Muriel le leyó el Mandamiento, que decía: «Ningún animal matará a otro animal sin una causa». De alguna manera, las últimas dos palabras se habían borrado de la memoria de los animales. Pero ahora veían que el Mandamiento no había sido violado; ya que claramente había una buena razón para matar a los traidores que se habían aliado con Snowball.

Durante todo el año, trabajaron aún más duro que el anterior. Reconstruir el molino de viento, con paredes el doble de gruesas que antes, y terminarlo en la fecha prevista, junto con el trabajo regular de la granja, fue un esfuerzo tremendo. Hubo momentos en que a los animales les parecía que trabajaban más horas y no se alimentaban mejor de lo que lo habían hecho en los días de Jones.

Los domingos por la mañana, Squealer, sosteniendo una larga tira de papel con su pezuña, les leía listas de cifras que demostraban que la producción de cada tipo de alimento había aumentado en un 200, 300 o 500 %, según el caso. Los animales no veían ninguna razón para no creerle, especialmente porque ya no recordaban con claridad cómo eran las condiciones antes de la Rebelión. Aun así, había días en que sentían que preferirían tener menos cifras y más comida.

Todas las órdenes ahora se daban a través de Squealer o de otro cerdo. Napoleón mismo no se veía en público mas que una vez cada quince días. Cuando aparecía, no sólo lo acompañaba su séquito de perros, sino también un gallo negro que marchaba frente a él y actuaba como una especie de trompetero, soltando un fuerte «quiquiriquí» antes de que Napoleón hablara.

Incluso en la casa de campo, se decía, habitaba en apartamentos separados de los demás. Comía solo, con dos perros que lo atendían, y siempre usaba el juego de vajilla Crown Derby que había estado en el armario de vidrio del salón. También se anunció que el cañón se dispararía cada año en su cumpleaños, así como en los otros dos aniversarios.

Ahora nunca se hablaba de él simplemente como «Napoleón». Siempre se le mencionaba de manera formal como «nuestro Líder, el Camarada Napoleón», y a los cerdos les gustaba inventar para él títulos como «Padre de Todos los Animales», «Terror de la Humanidad», «Protector del Redil», «Amigo de los Patitos», y similares. En sus discursos, Squealer hablaba con lágrimas rodando por sus mejillas sobre la sabiduría de Napoleón, la bondad de su corazón y el profundo amor que sentía por todos los animales en todas partes, incluso y especialmente por los animales desafortunados que aún vivían en la ignorancia y la esclavitud en otras granjas. Se había vuelto habitual darle crédito por cada logro exitoso y cada golpe de buena fortuna. A menudo, se escuchaba a una gallina decirle a otra: «Bajo la guía de nuestro Líder, el Camarada Napoleón, he puesto cinco huevos en seis días»; o a dos vacas, disfrutando de una bebida en el abrevadero, exclamar: «Gracias al liderazgo del Camarada Napoleón, ¡qué excelente sabe esta agua!».

El sentimiento general en la granja estaba bien expresado en un poema titulado «Camarada Napoleón», que fue compuesto por Minimus y que decía lo siguiente:

¡Amigo de los huérfanos!
¡Fuente de felicidad!
¡Señor del cubo de sobras!
Oh, cómo mi alma arde
cuando miro tu
ojo calmado y dominante,
como el Sol en el cielo,
¡Camarada Napoleón!

Eres el dador de
todo lo que tus criaturas aman,
barriga llena dos veces al día, paja limpia para rodar;
cada bestia grande o pequeña
duerme en paz en su establo,
tú cuidas de todos,
¡Camarada Napoleón!

Si tuviera un lechón,
antes de que creciera tanto
como una botella de pinta o como un rodillo,

él debería aprender a ser
fiel y verdadero a ti,
sí, su primer chillido sería
¡Camarada Napoleón!

Napoleón aprobó este poema y ordenó que se inscribiera en la pared del granero grande, en el extremo opuesto a los Siete Mandamientos. Y para coronarlo, Squealer pintó su retrato de perfil, ejecutado en pintura blanca.

Mientras tanto, a través de Whymper, Napoleón estaba involucrado en complicadas negociaciones con Frederick y Pilkington. La pila de madera seguía sin venderse. De los dos, Frederick era el más ansioso por obtenerla, pero no ofrecía un precio razonable. Al mismo tiempo, volvieron los rumores de que Frederick y sus hombres planeaban atacar la Granja Animal y destruir el molino de viento, cuya construcción le había provocado una furiosa envidia. Se sabía que Snowball seguía escondido en la Granja Pinchfield.

A mediados del verano, los animales se alarmaron al escuchar que tres gallinas se habían presentado y confesado que, inspiradas por Snowball, habían participado en un complot para asesinar a Napoleón. Fueron ejecutadas de inmediato, y se tomaron nuevas precauciones para la seguridad de Napoleón. Cuatro perros vigilaban su cama por la noche, uno en cada esquina, y un joven cerdo llamado Pinkeye recibió la tarea de probar toda su comida antes de que él la comiera, por si estaba envenenada.

Casi al mismo tiempo, se anunció que Napoleón había arreglado vender la pila de madera a Pilkington; también iba a establecer un acuerdo regular para el intercambio de ciertos productos entre la Granja Animal y Foxwood. Las relaciones entre él y Pilkington, aunque sólo se llevaban a cabo a través de Whymper, eran ahora casi amistosas. Los animales desconfiaban de Pilkington, como ser humano, pero lo preferían mucho más que a Frederick, a quien temían y odiaban.

A medida que avanzaba el verano y el molino de viento se acercaba a su finalización, los rumores de un inminente ataque traicionero se volvían cada vez más fuertes. Se decía que Frederick planeaba atacarlos con veinte hombres armados con rifles y que ya había sobornado a los magistrados y la policía, de modo que si lograba apoderarse de las escrituras de propiedad de la Granja Animal, no harían preguntas. Además, se filtraban terribles historias desde Pinchfield sobre las crueldades que Frederick practicaba con sus animales. Había azotado a un viejo caballo hasta matarlo, dejaba a sus vacas sin alimento, había arrojado a un perro al horno, y se divertía por las noches haciendo pelear a gallos con astillas de cuchillas de afeitar atadas a sus espolones. La sangre de los animales hervía de ira al escuchar estas atrocidades, y a veces clamaban por salir todos juntos y atacar la Granja Pinchfield, expulsar a los humanos y liberar a los animales. Pero Squealer les aconsejaba evitar acciones precipitadas y confiar en la estrategia del Camarada Napoleón.

Sin embargo, el sentimiento contra Frederick continuaba siendo muy fuerte. Una mañana de domingo, Napoleón apareció en el granero y explicó que nunca en ningún momento había contemplado vender la pila de madera a Frederick; consideraba que tratar con sinvergüenzas de esa calaña mancillaba su dignidad. Las palomas que aún se enviaban a difundir las noticias de la Rebelión tenían prohibido poner un pie en Foxwood, y también se les ordenó abandonar su antiguo lema de «Muerte a la Humanidad» en favor de «Muerte a Frederick».

A finales del verano, se descubrió otra de las maquinaciones de Snowball. La cosecha de trigo estaba llena de maleza, y se descubrió que en una de sus visitas nocturnas había mezclado semillas de malas hierbas con el maíz. Un ganso que había sido cómplice del complot confesó su culpa a Squealer e inmediatamente se suicidó comiendo bayas venenosas. Los animales también se enteraron de que Snowball nunca había recibido la condecoración de «Héroe Animal, Primera Clase», como muchos de ellos habían creído hasta entonces. Esto era simplemente una leyenda que había sido difundida después de la Batalla del Establo de las

Vacas por el propio Snowball. Lejos de ser condecorado, había sido censurado por mostrar cobardía en la batalla. Una vez más, algunos de los animales escucharon esto con cierta perplejidad, pero Squealer pronto los convenció de que sus memorias estaban equivocadas.

En el otoño, con un tremendo y agotador esfuerzo –ya que la cosecha debía recogerse casi al mismo tiempo–, el molino de viento se terminó. La maquinaria aún debía instalarse, y Whymper estaba negociando su compra, pero la estructura estaba completa. A pesar de todas las dificultades, a pesar de la inexperiencia, de las herramientas primitivas, de la mala suerte y de la traición de Snowball, ¡el trabajo se había terminado puntualmente en el día exacto! Cansados pero orgullosos, los animales caminaban alrededor de su obra maestra, que les parecía aún más hermosa que cuando se construyó por primera vez. Además, las paredes eran el doble de gruesas que antes. ¡Nada excepto explosivos podría derribarlas esta vez! Y cuando pensaban en cómo habían trabajado, en los desalientos que habían superado y en la enorme diferencia que habría en sus vidas cuando las aspas giraran y los generadores funcionaran, cuando pensaban en todo esto, el cansancio los abandonaba y corrían alrededor del molino, lanzando gritos de triunfo. El propio Napoleón, acompañado de sus perros y su gallo, bajó para inspeccionar el trabajo terminado; personalmente felicitó a los animales por su logro y anunció que el molino se llamaría Molino Napoleón.

Dos días después, los animales fueron convocados a una reunión especial en el granero. Enmudecieron de sorpresa cuando Napoleón les anunció que había vendido la pila de madera a Frederick. Mañana llegarían sus carros y comenzarían a llevársela. Durante todo el período de su aparente amistad con Pilkington, Napoleón en realidad había llegado a un acuerdo secreto con Frederick.

Todas las relaciones con Foxwood se habían roto; se enviaron mensajes insultantes a Pilkington. Se ordenó a las palomas evitar la Granja Pinchfield y cambiar su lema de «Muerte a Frederick» por «Muerte a Pilkington». Al mismo tiempo, Napoleón aseguró a los animales que las historias de un inminente ataque a la Granja Animal eran completamente falsas, y que los relatos sobre las crueldades de Frederick hacia sus propios animales habían sido muy exagerados. Todos estos rumores, probablemente, se originaron con Snowball y sus agentes. Ahora parecía que Snowball no estaba, después de todo, escondido en la Granja Pinchfield y, de hecho, nunca había estado allí en su vida: estaba viviendo –con un considerable lujo, según decían– en Foxwood, y en realidad había sido un pensionista de Pilkington durante años. Los cerdos estaban extasiados con la astucia de Napoleón. Al mostrarse amistoso con Pilkington, había obligado a Frederick a aumentar su precio en doce libras. Pero la superioridad de la mente de Napoleón, decía Squealer, se mostraba en el hecho de que no confiaba en nadie, ni siquiera en Frederick. Éste había querido pagar la madera con algo llamado cheque, que, al parecer, era un pedazo de papel con una promesa de pago escrita en él. Pero Napoleón fue demasiado listo para él. Exigió el pago en billetes reales de cinco libras, que debían entregarse antes de que se llevara la madera. Ya Frederick había pagado; y la suma que había pagado era justo la suficiente para comprar la maquinaria para el molino de viento.

Mientras tanto, la madera se estaba transportando a toda velocidad. Cuando todo acabó, se celebró otra reunión especial en el granero para que los animales inspeccionaran los billetes de banco de Frederick. Sonriendo beatíficamente y llevando ambas condecoraciones, Napoleón reposaba en una cama de paja en la plataforma, con el dinero a su lado, ordenadamente apilado en un plato de porcelana de la cocina de la casa de campo. Los animales pasaron lentamente uno tras otro, y cada uno observó detenidamente. Boxer extendió su hocico para olfatear los billetes, y las frágiles cosas blancas se movieron y crujieron con su aliento.

Tres días después hubo un terrible alboroto. Whymper, con el rostro mortalmente pálido, llegó corriendo en su bicicleta por el camino, la arrojó en el patio y se precipitó directamente a la casa. Al momento siguiente, un rugido ahogado de ira resonó desde los aposentos de Napoleón. La noticia de lo sucedido corrió por la granja como un reguero de pólvora. ¡Los billetes eran falsos! ¡Frederick había conseguido la madera sin pagar nada!

Napoleón convocó a los animales de inmediato y, con una voz terrible, pronunció la sentencia de muerte contra Frederick. Cuando lo capturaran, dijo, debía ser hervido vivo. Al mismo tiempo, les advirtió de que, después de ese acto traicionero, se podía esperar lo peor. Frederick y sus hombres podrían realizar su tan esperado ataque en cualquier momento. Se colocaron centinelas en todos los accesos a la granja. Además, se enviaron cuatro palomas a Foxwood con un mensaje conciliador, con la esperanza de restablecer buenas relaciones con Pilkington.

A la mañana siguiente llegó el ataque. Los animales estaban desayunando cuando los centinelas llegaron corriendo con la noticia de que Frederick y sus seguidores ya habían pasado la puerta de cinco barrotes. Con suficiente valentía, los animales salieron a su encuentro, pero esta vez no fue como la Batalla del Establo de las Vacas. Eran quince hombres, con media docena de rifles entre ellos, y abrieron fuego tan pronto como estuvieron a menos de cincuenta metros. Los animales no pudieron enfrentar las terribles explosiones y los punzantes perdigones y, a pesar de los esfuerzos de Napoleón y Boxer por reagruparlos, se vieron forzados a retroceder.

Varios de ellos ya estaban heridos. Se refugiaron en los edificios de la granja y miraron cautelosamente desde las grietas y los agujeros de los nudos. Todo el gran pastizal, incluido el molino de viento, estaba en manos del enemigo.

Por el momento, incluso Napoleón parecía perdido. Caminaba de un lado a otro sin decir una palabra, con la cola rígida y temblando. Se lanzaban miradas anhelantes en dirección a Foxwood. Si Pilkington y sus hombres los ayudaran, aún podrían ganar. Pero en ese momento las cuatro palomas, que habían sido enviadas el día anterior, regresaron, una de ellas con un trozo de papel de Pilkington. En él se leían las palabras escritas a lápiz: «Lo tenéis bien merecido».

Mientras tanto, Frederick y sus hombres se habían detenido alrededor del molino de viento. Los animales los observaban, y un murmullo de consternación recorrió el lugar. Dos de los hombres habían sacado una palanca y un martillo. ¡Iban a derribar el molino de viento!

—¡Imposible! –gritó Napoleón–. Las paredes son tan gruesas que no podrían derribarlo ni en una semana. ¡Ánimo, camaradas!

Pero Benjamin observaba atentamente los movimientos de los hombres. Los dos con el martillo y la palanca perforaban un agujero cerca de la base del molino de viento. Lentamente, y con un aire casi de diversión, Benjamin asintió con su largo hocico.

—Eso pensaba –dijo–. ¿No veis lo que están haciendo? En un momento van a meter pólvora explosiva en ese agujero.

Aterrados, los animales esperaron. Ahora era imposible aventurarse fuera del refugio de los edificios. Después de unos minutos, se vio a los hombres correr en todas las direcciones. Luego se oyó un estruendo ensordecedor. Las palomas se elevaron en el aire, y todos los animales, excepto Napoleón, se lanzaron al suelo boca abajo y escondieron sus caras. Cuando se levantaron de nuevo, una enorme nube de humo negro colgaba donde había estado el molino de viento. Lentamente, la brisa la dispersó. ¡El molino de viento había desaparecido!

Ante semejante visión, los animales recobraron su coraje. El miedo y la desesperación que habían sentido un momento antes se ahogaron en su ira contra ese vil y despreciable acto. Un poderoso grito de venganza se elevó, y sin esperar más órdenes, cargaron en masa contra el enemigo. Esta vez no prestaron atención a los crueles perdigones que los barrían como granizo. Fue una batalla salvaje y amarga. Los hombres disparaban una y otra vez, y, cuando los animales se acercaban demasiado, los golpeaban con sus palos y pesadas botas. Una vaca, tres ovejas y dos gansos fueron asesinados, y casi todos resultaron heridos. Incluso Napoleón, que dirigía las operaciones desde la retaguardia, tenía la punta de su cola astillada por un perdigón. Pero los hombres no se fueron indemnes tampoco. Tres de ellos tenían las cabezas rotas por los golpes de las pezuñas de Boxer; otro fue embestido en el vientre por el cuerno de una vaca; otro más casi perdió los pantalones por las mordidas de Jessie y Bluebell. Y cuando los nueve perros de la guardia personal de Napoleón, a quienes había instruido para rodear al enemigo bajo la cobertura del seto, aparecieron de repente en el flanco de los hombres, aullando ferozmente, el pánico se apoderó de ellos.

Vieron que corrían el peligro de verse rodeados. Frederick gritó a sus hombres que se retiraran mientras pudieran, y al momento siguiente el cobarde enemigo huía despavorido. Los animales los persiguieron hasta más allá del campo y les dieron algunas patadas mientras se abrían paso a través del seto espinoso.

Habían ganado, pero estaban agotados y sangrando. Lentamente, comenzaron a cojear de regreso a la granja. La visión de sus camaradas muertos tendidos sobre la hierba conmovió a algunos hasta las lágrimas. Y por un momento se detuvieron en un silencio triste en el lugar donde una vez había estado el molino de viento. Sí, se había ido; ¡casi el último rastro de su trabajo se había esfumado! Incluso los cimientos estaban parcialmente destruidos. Y al reconstruirlo esta vez, no podrían, como antes, reutilizar las piedras caídas, puesto que también habían desaparecido. La fuerza de la explosión las había lanzado a una distancia de cientos de metros. Era como si el molino nunca hubiera existido.

A medida que se acercaban a la granja, Squealer, que inexplicablemente había estado ausente durante la batalla, vino saltando hacia ellos, agitando su cola y radiante de satisfacción. Y los animales oyeron, desde la dirección de los edificios de la granja, el solemne estruendo de un cañón.

—¿Para qué se dispara ese cañón? –preguntó Boxer.

—¡Para celebrar nuestra victoria! –gritó Squealer.

—¿Qué victoria? –dijo Boxer–. Sus rodillas sangraban, había perdido una herradura y tenía la pezuña partida, y una docena de perdigones se habían alojado en su pata trasera.

—¿Qué victoria, camarada? ¿No hemos expulsado al enemigo de nuestro suelo, el sagrado suelo de la Granja Animal?

—Pero han destruido el molino de viento. ¡Y habíamos trabajado en él durante dos años!

—¿Y qué importa? Construiremos otro. Construiremos seis molinos de viento si nos apetece. No aprecias, camarada, la poderosa hazaña que hemos logrado. El enemigo estaba ocupando este mismo terreno en el que estamos ahora. Y ahora, gracias al liderazgo del Camarada Napoleón, ¡hemos recuperado cada centímetro de él!

—Entonces, hemos recuperado lo que ya teníamos antes –dijo Boxer.

—Ésa es nuestra victoria –dijo Squealer.

Cojearon hasta el patio. Los perdigones bajo la piel de la pierna de Boxer le escocían dolorosamente. Veía ante él el arduo trabajo de reconstruir el molino desde los cimientos, y ya en su imaginación se preparaba para la tarea. Pero, por primera vez, se dio cuenta de que tenía once años y que, tal vez, sus grandes músculos ya no eran lo que solían ser.

Pero, cuando los animales vieron la bandera verde ondeando y escucharon el cañón disparar de nuevo –siete veces en total– y escucharon el discurso de Napoleón felicitándolos por su conducta, les pareció, después de todo, que habían logrado una gran victoria.

Los animales muertos en la batalla recibieron un solemne funeral. Boxer y Clover tiraron del carro que servía de coche fúnebre, y el propio Napoleón caminó al frente de la procesión. Se dedicaron dos días enteros a las celebraciones.

Hubo canciones, discursos y más disparos de cañón, y se otorgó un regalo especial de una manzana a cada animal, con dos onzas de maíz para los pájaros y tres galletas para los perros. Se anunció que la batalla se llamaría La Batalla del Molino de Viento, y que Napoleón había creado una nueva condecoración, la «Orden del Estandarte Verde», que se había conferido a sí mismo. En las celebraciones generales, se olvidó el desafortunado asunto de los billetes falsos.

Unos días después, los cerdos encontraron una caja de *whisky* en los sótanos de la casa de campo. Había pasado desapercibida cuando la casa fue ocupada por primera vez.

Esa noche, se escuchó desde la casa un fuerte canto, en el que, para sorpresa de todos, se mezclaban las notas de *Bestias de Inglaterra*. Alrededor de las nueve y media, se vio claramente a Napoleón, con un viejo sombrero bombín del Sr. Jones, salir por la puerta trasera, galopar rápidamente alrededor del patio y desaparecer de nuevo en el interior. Pero por la mañana, un profundo silencio reinaba en la casa de campo. No parecía que ningún cerdo se moviera. Eran casi las nueve cuando Squealer apareció, caminando lentamente y abatido, con los ojos apagados, la cola colgando lacia detrás de él, y con toda la apariencia de estar gravemente enfermo. Reunió a los animales y les dijo que tenía una terrible noticia que comunicar: ¡El Camarada Napoleón se estaba muriendo!

Un grito de lamento se elevó de la concurrencia. Se colocó paja fuera de las puertas de la casa de campo, y los animales caminaban de puntillas. Con lágrimas en los ojos se preguntaban unos a otros qué harían sin su Líder. Corrió el rumor de que Snowball había logrado, después de todo, introducir veneno en su comida. A las once, Squealer salió para pronunciar otro anuncio. Como su último acto en la Tierra, el Camarada Napoleón había pronunciado un solemne decreto: «El consumo de alcohol sería castigado con la muerte».

Sin embargo, al anochecer, Napoleón parecía estar algo mejor, y a la mañana siguiente Squealer pudo decirles que se estaba recuperando. Al anochecer, Napoleón ya estaba de vuelta en el trabajo, y al día siguiente se supo que había instruido a Whymper para que comprara en Willingdon algunos folletos sobre la elaboración y destilación de alcohol. Una semana después, Napoleón ordenó que el pequeño potrero más allá del huerto, que antes se había destinado como pasto para los animales retirados del trabajo, fuera arado. Se dijo que el pastizal estaba agotado y necesitaba ser resembrado; pero pronto se supo que Napoleón tenía la intención de sembrarlo con cebada.

Por esa época ocurrió un incidente extraño que casi nadie pudo entender. Una noche, alrededor de las doce, se escuchó un fuerte estruendo en el patio, y los animales salieron corriendo de sus establos. Era una noche de Luna llena. Al pie de la pared del granero grande, donde estaban escritos los Siete Mandamientos, yacía una escalera rota en dos partes. Squealer, transitoriamente aturdido, estaba tirado al lado, y cerca de él había una linterna, un pincel y un bote de pintura blanca volcado. Los perros inmediatamente formaron un círculo a su alrededor y lo escoltaron de regreso a la casa de campo tan pronto como pudo caminar. Ninguno de los animales pudo formarse una idea de lo que significaba aquello, excepto el viejo Benjamin, que asintió con su hocico con un aire de complicidad, pareciendo entender, pero no dijo nada.

Unos días después, Muriel, al leer para sí misma los Siete Mandamientos, notó que había otro de ellos que los animales habían recordado mal. Habían pensado que el Quinto Mandamiento era «Ningún animal beberá alcohol», pero había dos palabras que habían olvidado. En realidad, el Mandamiento decía: «Ningún animal beberá alcohol en exceso».

IX

La pezuña partida de Boxer tardó mucho en curarse. Habían comenzado la reconstrucción del molino de viento el día después de que terminaron las celebraciones de la victoria. Boxer se negó a tomarse siquiera un día libre, y lo consideró un punto de honor no dejar ver que sentía dolor. Por las noches, admitía en privado a Clover que la pezuña le molestaba mucho. Clover trataba la pezuña con cataplasmas de hierbas que preparaba masticándolas, y tanto ella como Benjamin instaban a Boxer a trabajar menos.

—Los pulmones de un caballo no duran para siempre –le decía ella.

Pero Boxer no escuchaba. Decía que sólo le quedaba una verdadera ambición: ver el molino de viento bien encaminado antes de alcanzar la edad de jubilación.

Al principio, cuando se formularon las leyes de la Granja Animal, la edad de jubilación se había fijado en doce años para los caballos y los cerdos, catorce para las vacas, nueve para los perros, siete para las ovejas y cinco para las gallinas y los gansos. Se habían acordado generosas pensiones para la vejez. Hasta el momento, ningún animal se había jubilado realmente con pensión, pero últimamente el tema se discutía cada vez más. Ahora que el pequeño campo más allá del huerto se había reservado para la cebada, se rumoreaba que una esquina del gran pastizal se cercaría y se convertiría en un lugar de pastoreo para los animales jubilados. Para un caballo, se decía, la pensión sería de 2 kilogramos de maíz al día y, en invierno, 7 kilogramos de heno, con una zanahoria o posiblemente una manzana en los días festivos. El duodécimo cumpleaños de Boxer sería a finales del verano del año siguiente.

Mientras tanto, la vida era dura. El invierno fue tan frío como el anterior, y la comida, aún más escasa. Una vez más, todas las raciones fueron reducidas, excepto las de los cerdos y los perros. Una igualdad demasiado rígida en las raciones, explicó Squealer, habría sido contraria a los principios del Animalismo. En cualquier caso, no tuvo dificultades para demostrar a los otros animales que en realidad no les faltaba comida, sin importar las apariencias. Por el momento, ciertamente, se había encontrado necesario hacer un reajuste de las raciones

(Squealer siempre lo llamaba un «reajuste», nunca una «reducción»), pero en comparación con los días de Jones, la mejora era enorme. Leyendo las cifras con una voz aguda y rápida, les demostró detalladamente que tenían más avena, más heno, más nabos que en los días de Jones, que trabajaban menos horas, que el agua potable era de mejor calidad, que vivían más tiempo, que una mayor proporción de sus crías sobrevivía a la infancia y que tenían más paja en sus establos y sufrían menos pulgas. Los animales creyeron cada una de sus palabras. La verdad era que Jones y todo lo que representaba casi se había desvanecido de sus memorias. Sabían que la vida ahora era dura y austera, que a menudo tenían hambre y frío, y que generalmente estaban trabajando cuando no dormían. Pero, sin duda, había sido peor en los viejos tiempos. Estaban contentos de creerlo. Además, en esos días eran esclavos y ahora eran libres, y eso marcaba la diferencia, como Squealer no dejaba de señalar.

Ahora había muchas más bocas que alimentar. En el otoño, las cuatro cerdas habían parido casi al mismo tiempo, sumando treinta y un lechones entre todas. Los jóvenes cerdos eran manchados, y como Napoleón era el único verraco en la granja, era posible adivinar su ascendencia. Se anunció que más adelante, cuando se compraran ladrillos y madera, se construiría un aula en el jardín de la casa de campo. Por el momento, los jóvenes cerdos recibían su instrucción directamente de Napoleón en la cocina de la casa. Hacían ejercicio en el jardín y se les desalentaba para que jugaran con los otros animales jóvenes. Aproximadamente en esa época, también se estableció como regla que, cuando un cerdo y cualquier otro animal se encontraran en el camino, el otro animal debía apartarse: y también que todos los cerdos, de cualquier grado, tendrían el privilegio de llevar cintas verdes en sus colas los domingos.

La granja había tenido un año bastante exitoso, pero aún faltaba dinero. Había que comprar ladrillos, arena y cal para el aula, y también sería necesario comenzar a ahorrar nuevamente para la maquinaria del molino de viento.

Luego estaban el aceite de lámparas y las velas para la casa, el azúcar para la propia mesa de Napoleón (prohibido para los otros cerdos, bajo el argumento de que los engordaba), y todos los reemplazos habituales, como herramientas, clavos, cuerdas, carbón, alambre, chatarra y galletas para perros. Se vendió un montón de heno y parte de la cosecha de patatas, y el contrato para los huevos se aumentó a seiscientos por semana, de modo que ese año las gallinas apenas incubaron suficientes pollitos para mantener sus números al mismo nivel. Las raciones, reducidas en diciembre, se redujeron nuevamente en febrero, y se prohibieron las linternas en los establos para ahorrar aceite. Pero los cerdos parecían estar bastante cómodos, y de hecho más bien estaban engordando.

Una tarde de finales de febrero, un aroma cálido, rico y apetitoso, como los animales nunca habían olido antes, se deslizó por el patio desde la pequeña fábrica de cerveza, que había estado en desuso en la época de Jones y que se encontraba más allá de la cocina. Alguien dijo que era el olor de la cebada cocinándose. Los animales olfatearon el aire con hambre y se preguntaron si se estaba preparando una papilla caliente para su cena. Pero no apareció ninguna papilla caliente, y el domingo siguiente se anunció que a partir de entonces toda la cebada se reservaría para los cerdos. El campo más allá del huerto ya había sido sembrado con cebada. Y pronto se supo que cada cerdo ahora recibía una ración diaria de una pinta de cerveza, con medio galón para el propio Napoleón, que siempre se le servía en la sopera de Crown Derby.

Pero si había penurias que soportar, en parte se compensaban con el hecho de que la vida en esos días tenía una mayor dignidad que antes. Había más canciones, más discursos, más procesiones. Napoleón había ordenado que una vez a la semana se llevara a cabo algo llamado «Demostración Espontánea», cuyo objetivo era celebrar las luchas y los triunfos de la Granja Animal. En el momento señalado, los animales dejaban su trabajo y desfilaban por los alrededores de la granja en formación militar, con los cerdos al frente, luego los caballos, después las vacas, las ovejas y finalmente las aves. Los perros flanqueaban la procesión y al frente de todos marchaba el gallo negro de Napoleón. Boxer y Clover siempre llevaban entre ellos una bandera verde marcada con la pezuña y el cuerno y el lema «¡Viva el Camarada Napoleón!». Luego, había recitaciones de poemas compuestos en honor a Napoleón y un discurso de Squealer en el que se daban detalles de los últimos aumentos en la producción de alimentos y, en ocasiones, se disparaba el cañón. Las ovejas eran las mayores devotas de la Demostración Espontánea y, si alguien se quejaba (como algunos animales lo hacían a veces, cuando no había cerdos ni perros cerca) de que perdían el tiempo y de que resultaba muy molesto estar de pie en el frío, las ovejas se aseguraban de silenciarlos con un tremendo balido de «¡Cuatro patas bien, dos patas mal!». Pero, en general, los animales disfrutaban de estas celebraciones.

Les resultaba reconfortante que les recordaran que, después de todo, realmente eran sus propios amos y que el trabajo que hacían era para su propio beneficio. Así que, con las canciones, las procesiones, las listas de cifras de Squealer, el estruendo del cañón, el cacareo del gallo y el ondear de la bandera, lograban olvidar que sus estómagos estaban vacíos, al menos parte del tiempo.

En abril, la Granja Animal fue proclamada una República, y se hizo necesario elegir un Presidente. Sólo había un candidato, Napoleón, quien fue elegido por unanimidad. Ese mismo día se anunció que se habían descubierto nuevos documentos que revelaban más detalles sobre la complicidad de Snowball con Jones. Ahora parecía que Snowball no sólo había intentado perder la Batalla del Establo de las Vacas mediante una estratagema, sino que también había luchado abiertamente del lado de Jones.

De hecho, él había sido el verdadero líder de las fuerzas humanas y había cargado contra los animales en la batalla con las palabras «¡Viva la Humanidad!» en sus labios. Las heridas en la espalda de Snowball, que algunos aún recordaban haber visto, habían sido infligidas por los dientes de Napoleón.

A mediados del verano, el cuervo Moisés reapareció de repente en la granja, después de una ausencia de varios años. No había cambiado nada, seguía sin trabajar y hablaba con el mismo tono de siempre sobre la Montaña de Azúcar de Caramelo. Se posaba en un tocón, batía sus alas negras y hablaba durante horas a cualquiera que quisiera escucharlo.

—Allá arriba, camaradas –decía solemnemente, señalando el cielo con su gran pico–, allá arriba, justo al otro lado de esa nube oscura que podéis ver, allí está la Montaña de Azúcar de Caramelo, ese país feliz donde nosotros, los pobres animales, descansaremos para siempre de nuestros trabajos.

Incluso afirmaba haber estado allí en uno de sus vuelos más altos, y haber visto los eternos campos de trébol, y las tortas de linaza y el azúcar en terrones que crecían en los setos. Muchos animales le creían. ¿Habría un mundo mejor en algún otro lugar? Lo difícil de determinar era la actitud de los cerdos hacia Moisés. Todos declaraban con desprecio que sus historias sobre la Montaña de Azúcar de Caramelo eran mentiras, y sin embargo le permitían quedarse en la granja, sin trabajar, con una ración de una medida de cerveza al día.

Después de que su pezuña se curó, Boxer trabajó más duro que nunca. De hecho, todos los animales trabajaron como esclavos ese año.

Además del trabajo habitual de la granja y la reconstrucción del molino de viento, estaba la escuela para los jóvenes cerdos, cuya construcción se inició en marzo. A veces, las largas horas con comida insuficiente eran difíciles de soportar, pero Boxer nunca flaqueaba. En nada de lo que decía o hacía había señales de que su fuerza ya no fuera la de antes. Sólo su apariencia había cambiado un poco; su piel ya no brillaba tanto como en el pasado, y sus grandes ancas parecían haberse encogido. Los demás decían:

—Boxer se recuperará cuando llegue la hierba de primavera.

Pero la primavera llegó y Boxer no engordó. A veces, en la pendiente que llevaba a la cima de la cantera, cuando tensaba sus músculos contra el peso de una enorme roca, parecía que nada lo mantenía en pie excepto su voluntad de continuar. En esos momentos se le veía formar con los labios las palabras «Trabajaré más duro»; ya no le quedaba apenas voz. Una vez más, Clover y Benjamin le advirtieron de que debía cuidar su salud, pero él no les prestaba atención. Se acercaba su duodécimo cumpleaños. No le importaba lo que sucediera mientras se acumulara una buena reserva de piedra antes de jubilarse.

Una tarde de verano, un repentino rumor recorrió la granja: algo le había sucedido a Boxer. Había salido solo para arrastrar una carga de piedra hasta el molino de viento. Y, efectivamente, el rumor era cierto. Unos minutos después, dos palomas llegaron volando con la noticia:

—¡Boxer ha caído! ¡Está tirado de lado y no puede levantarse!

Aproximadamente la mitad de los animales de la granja corrieron hasta la colina donde estaba el molino de viento. Allí yacía Boxer, entre los ejes del carro, con el cuello estirado, incapaz siquiera de levantar la cabeza. Sus ojos estaban vidriosos, sus costados empapados de sudor. Un delgado hilo de sangre salía de su boca. Clover se arrodilló a su lado.

—¡Boxer! –gritó–, ¿cómo estás?

—Es mi pulmón –dijo Boxer con una voz débil–. No importa. Creo que podrán terminar el molino sin mí. Ya hay una buena reserva de piedra acumulada. De todos modos, sólo me quedaba otro mes. Para ser sincero, estaba deseando mi jubilación. Y tal vez, ya que Benjamin también se está haciendo viejo, le permitan jubilarse al mismo tiempo y ser mi compañero.

—Debemos buscar ayuda de inmediato –dijo Clover–. Corred, buscad a alguien y decidle a Squealer lo que ha pasado.

Todos los demás animales corrieron de inmediato de regreso a la casa de campo para darle la noticia a Squealer. Sólo Clover permaneció, y Benjamin, quien se tumbó al lado de Boxer y, sin decir nada, espantaba las moscas con su larga cola. Al cabo de unos quince minutos apareció Squealer, lleno de simpatía y preocupación. Dijo que el Camarada Napoleón había recibido con la más profunda tristeza la noticia de este infortunio de uno de los trabajadores más leales de la granja, y que ya estaba haciendo arreglos para enviar a Boxer a ser tratado en el hospital de Willingdon.

Los animales se sintieron un poco incómodos con esto. Excepto por Mollie y Snowball, ningún otro animal había dejado nunca la granja, y no les gustaba la idea de ver a su camarada enfermo en manos de los seres humanos. Sin embargo, Squealer los convenció fácilmente de que el veterinario de Willingdon podría tratar el caso de Boxer mejor que en la granja. Y aproximadamente media hora después, cuando Boxer se había recuperado un poco, con dificultad lograron ponerlo de pie, y consiguió cojear de regreso a su establo, donde Clover y Benjamin habían preparado una buena cama de paja para él.

Durante los dos días siguientes, Boxer permaneció en su establo. Los cerdos enviaron una gran botella de medicina rosada que habían encontrado en el botiquín del baño, y Clover se la administraba a Boxer dos veces al día después de las comidas. Por las noches, se acostaba en su establo y le hablaba, mientras Benjamin le ahuyentaba las moscas. Boxer decía que no lamentaba lo sucedido. Si se recuperaba, podría esperar vivir otros tres años, y ansiaba los días tranquilos que pasaría a un lado del gran pastizal. Sería la primera vez que tendría tiempo libre para estudiar y mejorar su mente. Tenía la intención, decía, de dedicar el resto de su vida a aprender las veintitrés letras restantes del alfabeto.

Sin embargo, Benjamin y Clover sólo podían estar con Boxer después de las horas de trabajo, y fue un mediodía cuando llegó el furgón para llevárselo. Los animales estaban todos trabajando, deshierbando nabos bajo la supervisión de un cerdo, cuando quedaron asombrados al ver a Benjamin llegar galopando desde la dirección de los edificios de la granja, rebuznando a todo pulmón. Era la primera vez que veían a Benjamin tan excitado; de hecho, era la primera vez que alguien lo veía galopar.

—¡Rápido, rápido! –gritaba–. ¡Venid de inmediato! ¡Se están llevando a Boxer!

Sin esperar órdenes del cerdo, los animales abandonaron el trabajo y corrieron hacia los edificios de la granja.

Efectivamente, allí en el patio había un gran furgón cerrado, tirado por dos caballos, con letreros en sus costados y un hombre de aspecto astuto con un sombrero hongo de copa baja sentado en el asiento del conductor. El establo de Boxer estaba vacío.

Los animales se agolparon alrededor del furgón.

—¡Adiós, Boxer! –corearon–, ¡adiós!

—¡Tontos! ¡Tontos! –gritó Benjamin, dando saltos a su alrededor y golpeando el suelo con sus pequeñas pezuñas–. ¡Tontos! ¿No veis lo que está escrito a un lado de ese furgón?

Eso hizo que los animales se detuvieran, y se produjo un silencio. Muriel comenzó a deletrear las palabras. Pero Benjamin la apartó y, en medio de un silencio mortal, leyó:

—«Alfred Simmonds, matadero de caballos y fábrica de Cola, Willingdon. Comerciante de pieles y harina de huesos. Suministro de perros». ¿Entendéis lo que eso significa? ¡Se llevan a Boxer al matadero!

Un grito de horror estalló entre todos los animales. En ese momento, el hombre sentado en el asiento del conductor azotó a sus caballos y el vehículo salió del patio a un trote rápido. Todos los animales lo siguieron, gritando a todo pulmón. Clover se abrió camino hasta el frente. El furgón comenzó a acelerar. Clover trató de mover sus pesadas extremidades al galope, y logró un trote ligero.

—¡Boxer! –gritó–. ¡Boxer! ¡Boxer! ¡Boxer!

Y justo en ese momento, como si hubiera escuchado el alboroto afuera, el rostro de Boxer, con la franja blanca en su nariz, apareció en la pequeña ventana en la parte trasera del furgón.

—¡Boxer! –gritó Clover con una voz terrible–. ¡Boxer! ¡Sal! ¡Sal rápido! ¡Te llevan a la muerte!

Todos los animales repitieron el grito de «¡Sal, Boxer, sal!». Pero el vehículo ya aceleraba y se alejaba de ellos. No estaba claro si Boxer había entendido lo que Clover había dicho. Pero, un momento después, su rostro desapareció de la ventana y se escuchó un tremendo golpeteo de pezuñas dentro del furgón.

Estaba intentando salir a patadas. Hubo un tiempo en que unas pocas patadas de las pezuñas de Boxer habrían destrozado el furgón en astillas. ¡Pero, ay!, su fuerza lo había abandonado; y en pocos momentos el sonido de las pezuñas golpeando se hizo más débil hasta apagarse.

Desesperados, los animales comenzaron a suplicar a los dos caballos que tiraban del furgón que se detuvieran.

—¡Camaradas, camaradas! –gritaban–. ¡No os llevéis a vuestro propio hermano a la muerte!

Pero las estúpidas bestias, demasiado ignorantes para darse cuenta de lo que ocurría, echaron las orejas hacia atrás y aceleraron el paso. El rostro de Boxer no volvió a aparecer en la ventana. Demasiado tarde, alguien pensó en correr y cerrar la puerta de cinco barrotes; pero en un momento del furgón pasó y desapareció rápidamente por el camino. No volvieron a ver nunca más a Boxer.

Tres días después se anunció que había muerto en el hospital de Willingdon, a pesar de haber recibido todos los cuidados que se le podían dar a un caballo. Squealer anunció la noticia a los demás. Dijo que él, personalmente, había estado presente durante sus últimas horas.

—¡Fue lo más conmovedor que jamás he visto! –dijo Squealer, levantando su pezuña y secándose una lágrima–. Estuve junto a su cama hasta el último momento. Y al final, casi demasiado débil para hablar, me susurró al oído que su única pena era haberse ido antes de que el molino de viento estuviera terminado. «¡Adelante, camaradas! –susurró–. ¡Adelante en nombre de la Rebelión! ¡Viva la Granja Animal! ¡Viva el Camarada Napoleón! Napoleón siempre tiene razón». Ésas fueron sus últimas palabras, camaradas.

Aquí la actitud de Squealer cambió de repente. Guardó silencio durante un instante, y sus pequeños ojos lanzaron miradas sospechosas de un lado a otro antes de continuar.

Le había llegado a sus oídos, dijo, que un rumor tonto y malvado había circulado en el momento de la partida de Boxer. Algunos de los animales habían notado que en del furgón que se llevó a Boxer se leía «Matadero de caballos», y habían llegado a la conclusión de que a Boxer lo enviaban al matadero. Era casi increíble, dijo Squealer, que algún animal pudiera ser tan estúpido. ¿Acaso no conocían a su amado Líder, el Camarada Napoleón? Pero la explicación era muy simple. El furgón había pertenecido en el pasado al matadero, y después lo había comprado el veterinario, quien aún no había borrado el nombre anterior. Así fue como surgió el malentendido.

Los animales se sintieron enormemente aliviados al escuchar esto. Y cuando Squealer continuó dando más detalles gráficos del lecho de muerte de Boxer, el cuidado admirable que había recibido y las costosas medicinas por las que Napoleón había pagado sin pensar en el coste, sus últimas dudas desaparecieron, y la pena que sentían por la muerte de su camarada se atenuó con el pensamiento de que al menos había muerto feliz.

Napoleón mismo apareció en la reunión el siguiente domingo por la mañana y pronunció un breve discurso en honor a Boxer. No había sido posible, dijo, traer los restos de su llorado camarada para su entierro en la granja, pero había ordenado que se confeccionara una gran corona con los laureles del jardín de la casa de campo y que se enviara para colocarla en la tumba de Boxer. Y en unos pocos días, los cerdos tenían la intención de celebrar un banquete conmemorativo en honor a Boxer. Napoleón terminó su discurso recordando las dos máximas favoritas de Boxer: «Trabajaré más duro» y «El camarada Napoleón siempre tiene la razón», máximas que, dijo, todos los animales harían bien en adoptar como propias.

El día señalado para el banquete, una camioneta de un comerciante llegó desde Willingdon y entregó una gran caja de madera en la casa de campo. Esa noche se escucharon cantos ruidosos, seguidos por lo que parecía una violenta discusión, que terminó alrededor de las once con un tremendo estruendo de vidrios rotos. Nadie se movió en la casa de campo antes del mediodía del día siguiente, y corrió el rumor de que, de alguna manera, los cerdos habían conseguido el dinero para comprarse otra caja de *whisky*.

X

Pasaron los años. Las estaciones iban y venían, las cortas vidas de los animales se desvanecían rápidamente. Llegó un momento en que no quedaba nadie que recordara los viejos tiempos antes de la Rebelión, excepto Clover, Benjamin, Moisés el cuervo y algunos de los cerdos.

Muriel había muerto; Bluebell, Jessie y Pincher también. Jones había muerto, falleció en un hogar para alcohólicos en otra parte del país. Snowball había sido olvidado. Boxer también, salvo por los pocos que lo habían conocido. Clover era ahora una yegua vieja y robusta, con las articulaciones rígidas y una tendencia a tener los ojos llorosos. Tenía dos años más de la edad de jubilación, pero, de hecho, ningún animal se había retirado jamás. La idea de destinar un rincón del pasto para los animales jubilados se había abandonado hacía mucho tiempo. Napoleón era ahora un verraco maduro de ciento cincuenta kilos de peso. Squealer estaba tan gordo que apenas podía ver a través de sus ojos. Sólo el viejo Benjamin era prácticamente el mismo de siempre, salvo por estar un poco más gris alrededor del hocico y, desde la muerte de Boxer, más taciturno y sombrío que nunca.

Por aquel entonces, en la granja había muchas más criaturas, aunque el aumento no era tan grande como se había esperado en los años anteriores. Por otra parte, habían nacido muchos animales para quienes la Rebelión era sólo una vaga tradición, transmitida de boca en boca, y otros habían sido comprados, por lo que ni siquiera habían escuchado hablar de ella antes de su llegada. La granja poseía ahora tres caballos además de Clover. Eran buenos animales, trabajadores y camaradas leales, pero muy tontos.

Ninguno de ellos logró aprender el alfabeto más allá de la letra «B». Aceptaban todo lo que se les decía sobre la Rebelión y los principios del Animalismo, especialmente de Clover, por quien sentían un respeto casi filial; pero era dudoso que entendieran mucho de ello.

Ahora, la granja era más próspera y estaba mejor organizada: incluso se había ampliado con dos campos que se habían comprado a Pilkington. Finalmente, el molino de viento se levantó con éxito, la granja poseía una trilladora y un elevador de heno propios, y se habían añadido varios edificios nuevos. Whymper se había comprado un carruaje descubierto. Sin embargo, el molino no se había utilizado para generar electricidad, sino para moler grano, lo que producía una considerable ganancia económica. Los animales trabajaban arduamente en la construcción de otro molino de viento; cuando estuviera terminado, se decía que se instalarían los generadores eléctricos. Pero los lujos con los que Snowball alguna vez había enseñado a los animales a soñar, los establos con luz eléctrica, el agua caliente y fría, y la semana laboral de tres días ya no se mencionaban. Napoleón había denunciado tales ideas como contrarias al espíritu del Animalismo. La verdadera felicidad, decía, residía en trabajar duro y vivir con austeridad.

De alguna manera, parecía como si la granja se hubiera enriquecido pero no los animales de la misma, excepto, por supuesto, los cerdos y los perros. Quizás esto se debía en parte a que había tantos cerdos y tantos perros. No es que estas criaturas no trabajaran, a su manera. Había, como Squealer nunca se cansaba de explicar, un trabajo interminable en la supervisión y organización de la granja. Gran parte de este trabajo era de un tipo que los otros animales eran demasiado ignorantes para entender. Por ejemplo, Squealer les decía que los cerdos tenían que realizar enormes esfuerzos cada día en cosas misteriosas llamadas «expedientes», «informes», «actas» y «memorandos». Éstos eran grandes hojas de papel que debían cubrirse completamente con escritura y, tan pronto como se llenaban, se quemaban en el horno. Esto era de la mayor importancia para el bienestar de la granja, decía Squealer. Sin embargo, ni los cerdos ni los perros producían alimentos con su propio trabajo, y eran muy numerosos, y siempre tenían buen apetito.

En cuanto a los demás, su vida, hasta donde sabían, continuaba siendo como siempre. Generalmente tenían hambre, dormían en la paja, bebían del estanque, trabajaban en los campos; en invierno sufrían el frío y en verano, las moscas. A veces, los más viejos buscaban en sus vagas memorias e intentaban determinar si, en los primeros días de la Rebelión, cuando la expulsión de Jones aún era reciente, las cosas habían sido mejor o peor que ahora. No podían recordarlo. No había nada con lo que pudieran comparar sus vidas actuales: no tenían más referencia que las listas de cifras de Squealer, que invariablemente demostraban que todo mejoraba cada vez más.

Los animales encontraron el problema insoluble; en cualquier caso, ahora tenían poco tiempo para especular sobre tales cosas. Sólo el viejo Benjamin afirmaba recordar cada detalle de su larga vida y saber que las cosas nunca habían sido, ni podrían ser, mucho mejores o mucho peores: hambre, dificultades y desilusión eran, decía él, la ley inalterable de la vida.

Y, sin embargo, los animales nunca perdieron la esperanza. Más aún, nunca perdieron, ni siquiera por un instante, su sentido de honor y privilegio al ser miembros de la Granja Animal. Seguían siendo la única granja en todo el condado, ¡en toda Inglaterra!, propiedad de animales y operada por los mismos. Ninguno de ellos, ni siquiera los más jóvenes, ni siquiera los recién llegados que habían sido traídos desde granjas a diez o veinte millas de distancia, dejaban de maravillarse por eso. Y cuando escuchaban el disparo del cañón y veían la bandera verde ondeando en el mástil, sus corazones se llenaban de un orgullo imperecedero, y las conversaciones siempre giraban en torno a los viejos días heroicos, la expulsión de Jones, la redacción de los Siete Mandamientos, las grandes batallas en las que los invasores humanos habían sido derrotados.

No habían abandonado sus viejos sueños. La República de los Animales que el Viejo Mayor había predicho, cuando los verdes campos de Inglaterra no serían pisados por pies humanos, seguía siendo una creencia firme. Algún día llegaría: tal vez no pronto, tal vez no durante la vida de ningún animal vivo, pero aun así llegaría. Incluso la melodía de *Bestias de Inglaterra* tal vez se tarareaba en secreto aquí y allá: en cualquier caso, era un hecho que todos los animales en la granja la conocían, aunque nadie se habría atrevido a cantarla en voz alta. Quizás sus vidas fueran difíciles y no todas sus esperanzas se hubieran cumplido; pero eran conscientes de que no eran como los otros animales. Si pasaban hambre, no era por alimentar a tiránicos seres humanos; si trabajaban duro, al menos lo hacían para sí mismos. Ninguna criatura entre ellos caminaba sobre dos patas. Ninguna criatura llamaba a otra criatura «Amo». Todos los animales eran iguales.

Un día a principios del verano, Squealer ordenó a las ovejas que lo siguieran y las llevó a un terreno baldío al otro extremo de la granja, que se había cubierto de retoños de abedul. Las ovejas pasaron todo el día allí pastando bajo la supervisión de Squealer. Por la noche, él regresó solo a la casa de campo, pero, como hacía buen tiempo, les dijo a las ovejas que se quedaran donde estaban. Finalmente, permanecieron allí durante toda una semana, durante la cual los demás animales no las vieron. Squealer estuvo con ellas la mayor parte de cada día. Dijo que les estaba enseñando a cantar una nueva canción, para lo cual se necesitaba privacidad.

Fue justo después de que las ovejas regresaran, en una agradable tarde cuando los animales habían terminado su trabajo y se dirigían de vuelta a los edificios de la granja, que se escuchó el relincho aterrorizado de un caballo desde el patio. Sobresaltados, los animales se detuvieron en seco. Era la voz de Clover. Relinchó de nuevo, y todos los animales se lanzaron al galope y corrieron hacia el patio. Entonces, vieron lo que Clover había visto.

Era un cerdo caminando sobre sus patas traseras.

Sí, era Squealer. Un poco torpemente, como si no estuviera del todo acostumbrado a sostener su considerable peso en esa posición, pero con un equilibrio perfecto, estaba paseando por el patio. Y un momento después, por la puerta de la casa de campo salió una larga fila de cerdos, todos caminando sobre sus patas traseras. Algunos lo hacían mejor que otros, uno o dos incluso estaban un poco inestables y parecía como si hubieran deseado el apoyo de un bastón, pero cada uno de ellos logró dar la vuelta completa al patio con éxito. Y finalmente hubo un tremendo ladrido de los perros y un estridente cacareo del gallo negro, y salió el mismo Napoleón, majestuosamente erguido, lanzando miradas altivas a su alrededor, con sus perros retozando a su alrededor.

Llevaba un látigo en su pezuña.

Se produjo un silencio mortal. Asombrados, aterrorizados, acurrucándose juntos, los animales observaron la larga fila de cerdos marchar lentamente alrededor del patio. Era como si el mundo se hubiera puesto patas arriba. Luego llegó un momento en que el primer impacto había pasado y cuando, a pesar de todo, a pesar de su terror a los perros, y del hábito, desarrollado durante largos años, de nunca quejarse, nunca criticar, sin importar lo que pasara, podrían haber pronunciado alguna palabra de protesta. Pero justo en ese momento, como si fuera una señal, todas las ovejas comenzaron a balar intensamente:

—¡Cuatro patas bien, dos patas mejor! ¡Cuatro patas bien, dos patas mejor! ¡Cuatro patas bien, dos patas mejor!

Continuaron así durante cinco minutos sin detenerse. Y para cuando las ovejas se callaron, la oportunidad de expresar cualquier protesta había pasado, pues los cerdos ya habían vuelto a la casa de campo.

Benjamin sintió un hocico empujando suavemente su hombro. Miró a su alrededor. Era Clover. Sus viejos ojos parecían más apagados que nunca. Sin decir nada, ella tiró suavemente de su melena y lo llevó hasta el final del granero grande, donde estaban escritos los Siete Mandamientos.

Durante un minuto o dos se quedaron mirando la pared desgastada con sus letras blancas.

—Mi vista está fallando –dijo finalmente–. Incluso cuando era joven no podría haber leído lo que estaba escrito allí. Pero me parece que esa pared se ve diferente. ¿Los Siete Mandamientos son los mismos de siempre, Benjamin? Por una vez, Benjamin consintió en romper su regla, y le leyó a Clover lo que estaba escrito en la pared. Ahora no había nada más que un solo mandamiento. Decía:

TODOS LOS ANIMALES SON IGUALES,
PERO ALGUNOS ANIMALES
SON MÁS IGUALES
QUE OTROS.

Así las cosas, no pareció extraño que al día siguiente los cerdos que supervisaban el trabajo de la granja llevaran látigos en sus pezuñas. No pareció extraño enterarse de que los cerdos se habían comprado una radio, organizaron la instalación de un teléfono y se habían suscrito a *John Bull*, *TitBits* y el *Daily Mirror*. No pareció extraño ver a Napoleón paseando por el jardín de la casa de campo con una pipa en la boca; no, ni siquiera cuando los cerdos sacaron la ropa del señor Jones de los armarios y se la pusieron, y el mismo Napoleón apareció con un abrigo negro, pantalones de montar y polainas de cuero, mientras que su cerda favorita se dejó ver con el vestido de seda que la señora Jones solía usar los domingos.

Una semana después, por la tarde, varios carromatos llegaron a la granja. Se había invitado a una delegación de granjeros vecinos para hacer un recorrido de inspección. Se les mostró toda la granja, y expresaron una gran admiración por todo lo que veían, especialmente el molino de viento. Los animales estaban deshierbando el campo de nabos. Trabajaban diligentemente, apenas levantando la cara del suelo, sin saber si tener más miedo de los cerdos o de los visitantes humanos.

Esa noche, fuertes risas y estallidos de cantos llegaron desde la casa de campo. Y de repente, al oír las voces mezcladas, los animales sintieron una gran curiosidad. ¿Qué podría estar sucediendo allí, ahora que por primera vez animales y seres humanos se encontraban en términos de igualdad? Al unísono, comenzaron a acercarse lo más silenciosamente posible al jardín de la casa.

Se detuvieron en la puerta, demasiado asustados para seguir adelante, pero Clover encabezó el grupo. Se acercaron de puntillas a la casa, y los animales más altos asomaron la cabeza por la ventana del comedor. Allí, alrededor de la larga mesa, estaban sentados media docena de granjeros y media docena de los cerdos más eminentes, y Napoleón ocupaba el lugar de honor en la cabecera de la mesa.

Los cerdos parecían muy a gusto en sus sillas. La compañía había estado disfrutando de un juego de cartas, pero lo habían interrumpido para hacer un brindis. Entre los asistentes circulaba una gran jarra, y las tazas se volvían a llenar con cerveza. Nadie vio las caras asombradas de los animales que miraban por la ventana.

El señor Pilkington, de Foxwood, se había puesto de pie, con su taza en la mano. En un momento, dijo, pediría a los presentes que hicieran un brindis. Pero, antes, sentía el deber de dirigirles algunas palabras.

Era una gran satisfacción para él, dijo, y estaba seguro de que para todos los presentes también, sentir que el largo período de desconfianza y malentendidos había llegado a su fin. Hubo un tiempo, no es que él o cualquiera de los presentes compartieran tales sentimientos, pero sí hubo un tiempo en el que los respetados propietarios de la Granja Animal eran tratados, no diría con hostilidad, pero tal vez con una cierta desconfianza, por sus vecinos humanos. Habían ocurrido incidentes desafortunados, se habían difundido ideas equivocadas. Se había sentido que la existencia de una granja propiedad de los cerdos y operada por los mismos era de alguna manera anormal y podría tener un efecto perturbador en el vecindario.

Demasiados granjeros habían asumido, sin una debida investigación, que en tal granja prevalecería un espíritu de licencia e indisciplina. Habían estado nerviosos sobre los efectos en sus propios animales, o incluso en sus empleados humanos. Pero todas esas dudas se habían disipado. Hoy él y sus amigos habían visitado la Granja Animal e inspeccionado cada centímetro de ella con sus propios ojos, ¿y qué habían encontrado? No sólo los métodos más modernos, sino también una disciplina y un orden que deberían ser un ejemplo para todos los granjeros en todas partes. Creía que tenía razón al decir que los animales inferiores en la Granja Animal hacían más trabajo y recibían menos comida que cualquier animal en el condado. De hecho, él y sus compañeros visitantes habían observado hoy muchas medidas que tenían la intención de introducir en sus propias granjas de inmediato.

Concluiría sus comentarios, dijo, enfatizando una vez más en los sentimientos amistosos que existían, y debían existir, entre la Granja Animal y sus vecinos. Entre los cerdos y los seres humanos no había, ni había necesidad de que hubiera, ningún conflicto de intereses. Sus luchas y dificultades eran una sola. ¿Acaso no era el problema laboral el mismo en todas partes? Aquí se hizo evidente que el señor Pilkington estaba a punto de lanzar algún chiste cuidadosamente preparado para los asistentes, pero durante un instante estuvo demasiado sobrepasado por la diversión y tuvo que contener la risa. Tras el momento del sofoco, durante el cual sus diversas papadas se tornaron moradas, logró soltarlo:

—Si ustedes tienen que lidiar con sus animales inferiores, ¡nosotros tenemos que hacerlo con las clases bajas!

Esta ingeniosa ocurrencia hizo que la mesa estallara en carcajadas; y el señor Pilkington volvió a felicitar a los cerdos por las bajas raciones, las largas horas de trabajo y la ausencia general de indulgencia que había observado en la Granja Animal.

Y ahora, dijo finalmente, pediría a sus amigos que se pusieran de pie y se aseguraran de que sus vasos estuvieran llenos.

—¡Señores –concluyó el señor Pilkington–, señores, brindemos por la prosperidad de la Granja Animal!

Hubo un entusiasta aplauso y golpes de pies. Napoleón estaba tan complacido que dejó su lugar y rodeó la mesa para chocar su vaso con el del señor Pilkington antes de vaciarlo.

Cuando los aplausos se calmaron, Napoleón, que se había mantenido de pie, dio a entender que él también tenía algunas palabras que decir.

Como todos los discursos de Napoleón, fue breve y directo al grano. Él también, dijo, estaba feliz de que el período de malentendidos hubiera llegado a su fin. Durante mucho tiempo había habido rumores –difundidos, tenía razones para pensar, por algún enemigo malintencionado– de que había algo subversivo e incluso revolucionario bajo su perspectiva y la de sus colegas. Se les había atribuido el intento de incitar a la rebelión entre los animales de las granjas vecinas. ¡Nada podría estar más lejos de la verdad! Su único deseo, ahora y en el pasado, era vivir en paz y en buenas relaciones comerciales con sus vecinos. Esta granja, que tenía el honor de controlar, agregó, era una empresa cooperativa. Los títulos de propiedad, que estaban en su posesión, pertenecían a los cerdos en conjunto.

No creía, dijo, que alguna de las viejas sospechas aún persistiera, pero se habían hecho ciertos cambios recientemente en la rutina de la granja que deberían tener el efecto de promover la confianza aún más. Hasta entonces, los animales de la granja tenían la costumbre algo tonta de dirigirse unos a otros como «Camarada». Esto sería suprimido. También había habido una costumbre muy extraña, cuyo origen se desconocía, de desfilar cada domingo por la mañana frente a un cráneo de jabalí que estaba clavado en un poste en el jardín. Esto también sería eliminado, y el cráneo ya había sido enterrado.

Sus visitantes podrían haber notado, además, la bandera verde que ondeaba en el asta. Si era así, tal vez habrían advertido que la pezuña y el cuerno blancos con los que antes estaba marcada se habían eliminado. De ahora en adelante, sería una bandera verde lisa.

Sólo tenía una crítica que hacer, dijo, al excelente y amistoso discurso del señor Pilkington. Éste se había referido constantemente a la «Granja Animal». Él, Napoleón, comprendía, por supuesto, que no podría saberlo, ya que él iba a anunciar por primera vez que el nombre de «Granja Animal» había sido abolido. De ahora en adelante, la granja se conocería como «La Granja Manor», que, creía, era su nombre correcto y original.

—Señores –concluyó Napoleón–, propongo que hagamos el mismo brindis de antes, pero de una forma diferente. Llenen sus vasos hasta el borde. Señores, aquí está mi brindis: ¡Por la prosperidad de La Granja Manor!

Hubo los mismos vítores entusiastas de antes, y los vasos se vaciaron hasta el fondo. Pero mientras los animales afuera observaban la escena, les pareció que algo extraño estaba sucediendo. ¿Qué era lo que había cambiado en las caras de los cerdos? Los viejos y apagados ojos de Clover revoloteaban de un rostro a otro. Algunos de ellos tenían cinco papadas, otros cuatro, otros tres. Pero ¿qué era lo que parecía derretirse y cambiar? Luego, una vez terminados los aplausos, la concurrencia retomó sus cartas y continuó el juego que había sido interrumpido, y los animales se alejaron en silencio.

Pero no habían caminado veinte metros cuando se detuvieron de golpe. Un alboroto de voces venía de la casa de campo. Corrieron de vuelta y miraron de nuevo a través de la ventana. Sí, se había desatado una violenta pelea. Se escuchaban gritos y golpes en la mesa, se lanzaban miradas agudas y sospechosas, y furiosas negaciones. La causa del problema parecía ser que Napoleón y el señor Pilkington habían jugado al mismo tiempo un as de espadas.

Doce voces gritaban enojadas, y todas eran iguales. No había duda, ahora, de lo que había sucedido con las caras de los cerdos. Las criaturas afuera miraron de cerdo a hombre, y de hombre a cerdo, y de cerdo a hombre de nuevo; pero ya era imposible decir cuál era cuál.

Epílogo

Es probable que, cuando este libro se publique, mis puntos de vista sobre el régimen soviético se hayan vuelto comunes. Pero ¿y qué?, sustituir una ortodoxia por otra no implica necesariamente un progreso...

Índice

«El Hermano Mayor te vigila», advierten los carteles que cubren las paredes de Londres. La libertad de expresión ha desaparecido y a los ciudadanos de un «lugar que alguna vez fue llamado Inglaterra» no se les permite ejercer el pensamiento crítico. Se habla entre susurros, fingiendo las expresiones, y se vive con un temor constante a la Policía del Pensamiento. En ese contexto, Winston Smith, funcionario del **Ministerio de la Verdad**, recibe el encargo de reescribir algunos pasajes de la historia para fijar el relato que resulta más conveniente a las ambiciones del Partido. Sin embargo, esa tarea destinada a perpetuar un régimen totalitario logrará precisamente que el protagonista ya no pueda asumir sin planteamientos críticos esa gran farsa y pretenda escapar del control omnisciente de la maquinaria del Estado.